www.ingramcontent.com/pod-product-compliance
Lightning Source LLC
LaVergne TN
LVHW020451070526
838199LV00063B/4918
9789369085446

بدن کی خوشبو

(افسانے)

عصمت چغتائی

© Ismat Chughtai

Badan ki khushbuu *(Short Stories)*
by: Ismat Chughtai
Edition: February '2025
Publisher :
Taemeer Publications LLC (Michigan, USA / Hyderabad, India)

ISBN 978-93-6908-544-6

مصنفہ یا ناشر کی پیشگی اجازت کے بغیر اس کتاب کا کوئی بھی حصہ کسی بھی شکل میں بشمول ویب سائٹ پر اَپ لوڈنگ کے لیے استعمال نہ کیا جائے۔ نیز اس کتاب پر کسی بھی قسم کے تنازع کو نمٹانے کا اختیار صرف حیدرآباد (تلنگانہ) کی عدلیہ کو ہوگا۔

© عصمت چغتائی

کتاب	:	**بدن کی خوشبو** (افسانے)
مصنفہ	:	**عصمت چغتائی**
صنف	:	فکشن
ناشر	:	تعمیر پبلی کیشنز (حیدرآباد، انڈیا)
سالِ اشاعت	:	۲۰۲۵ء
صفحات	:	۱۰۸
سرورق ڈیزائن	:	تعمیر ویب ڈیزائن

فہرست

(۱)	چھوئی موئی	6
(۲)	مغل بچہ	15
(۳)	بیڑیاں	25
(۴)	دو ہاتھ	35
(۵)	روشن	48
(۶)	بدن کی خوشبو	68

چھوئی موئی

آرام کرسی ریل کے ڈبے سے لگادی گئی اور بھائی جان نے قدم اٹھایا، "الٰہی خیر۔۔۔ یا غلام دستگیر۔۔۔ بارہ اماموں کا صدقہ۔ بسم اللہ بسم اللہ۔۔۔ بیٹی جان سنبھل کے۔۔۔ قدم تھام کے۔۔۔ پائنچہ اٹھاکے۔۔۔ سہج سہج، بی مغلانی نقیب کی طرح للکاریں۔ کچھ میں نے گھسیٹا کچھ بھائی صاحب نے ٹھیلا۔ تعویذوں اور امام ضامنوں کا اشتہار بنی بھابی جان تنتے ہوئے غبارے کی طرح ہانپتی سیٹ پر لڑھک بیٹھیں۔

"پاک پروردگار تیرا شکر"، بی مغلانی کے منہ سے اور ہمارے دلوں سے نکلا بغیر ہاتھ پیر ہلائے ہانپ جانے کی عادت شاید وہ ساتھ لے کر تو پیدا نہ ہوئی ہوں گی اور نہ اناؤں، دایاوں کی لاڈ بھری گودوں میں ان کا اچار پڑا۔ پھر بھی اوسط درجے کی خوبصورت دبلی پتلی لڑکی چند ہی سال میں پھپھولے کی طرح نازک بن گئی۔ بات یہ ہوئی کہ سیدھی ماں کے کولہے سے توڑ بھائی جان کے پلنگ کی زینت بنادی گئیں اور وہاں ایک شگفتہ پھول کی طرح پڑے مہکنے کے سوا ان پر زندگی کا اور کوئی بار نہ پڑا۔ بی مغلانی شادی کے دن سے انہیں پالنے پوسنے پر مقرر کردی گئیں۔ صبح سویرے یعنی جب بڑے لوگوں کی صبح ہوتی ہے۔ سلیچی میں منہ دھلا کر وہیں مسہری پر جوڑا

بدل کر چوٹی کنگھی سولہ سنگار کر کے بھرپور دلی کے ناشتے کا خوان سامنے چن لیا جاتا جسے صاف کر کے میری پھولے پھولے کلوں والی بھابی ہتھیلی پر ٹھڈی رکھے بیٹھی مسکرایا کرتیں۔

لیکن یہ مسکراہٹیں شادی کے دوسرے ہی سال پھیکی پڑ گئیں اور ان کا سلسلہ ہر وقت تھوکنے اور قے کرنے میں گزرنے لگا۔ مہکتے ہوئے پھولوں میں لدی مہ پارہ کے بجائے اس روگ میں مبتلا بیوی کو پاکر بھائی جان بھی بدکنے لگے۔ مگر اماں بیگم اور بی مغلانی کے یہاں تو جانو بہار آگئی۔ پہلے ہی مہینے سے گدیلے پوتڑے اس مور و شور سے سلنے لگے جانو کل ہی پرسوں میں زچگی ہونے والی ہے۔ مارے تعویذوں کے جسم پر تل دھرنے کی جگہ نہ رہی، آئے دن کے ٹونے ٹوٹکے دم بولانے لگے۔ ویسے ہی بھابی جان کے دشمن کاہے کو چلنے پھرنے کے شوقین تھے۔ اب تو بس کروٹ بھی لیں تو مغلانی بی، اللہ، بسم اللہ کے جی جی کاروں سے گھر سر پر اٹھالیتیں اور بس دن بھر وہ کچے گھڑے کی طرح سینت کر رکھی جاتیں۔ صبح شام پیر فقیر دم درود کرنے اور پھونکیں مارنے آتے۔

لیکن باوجود کہ مغلانی کا پہرہ سخت تھا، کچا گھڑا وقت سے پہلے ہی کھل گیا اور ارمانوں پر پانی پھر گیا۔ ڈال پھر خالی رہ گئی۔ بور جھڑ گیا۔ پر جان بچی لاکھوں پائے اللہ اور دے گا۔ گھر کی دولت ہے۔ اللہ نے اور دیا۔ پہرہ پہلے سے چوگنا ہو گا۔ مگر پھر ہاتھ خالی۔ تیسری دفعہ تو معاملہ پہلے سے چوگنا ہو گیا۔ مگر پھر ہاتھ خالی۔ تیسری دفعہ تو معاملہ ذرا قابل غور بن گیا۔ مارے دواؤں کے بھابی جان کا پلیتھن نکل گیا۔ رنگ ایک سرے سے غائب۔ صرف پھولی پھولی ابلی ہوئی شکر قند جیسی رہ گئیں۔ بھائی

جان کی شام رات کے بارہ بجے ہونے لگی۔ بی مغلانی اور اماں بیگم کے تیور بھی ذرا چڑھنے اترنے لگے اور بھابی جان کو مسہری پر پڑے پڑے بھائی جان کی دوسری شادی کے شادیانے سنائی دینے لگی۔

اور جب اللہ اللہ کر کے پھر وہ دن آیا تو پیروں مریدوں کے علاوہ دہلی کے ڈاکٹر بھی اپنے سارے تیر تفنگ لے کر تعینات ہو گئے۔ خدا کے کرم سے انگنا مہینہ لگا اور بھابی جان صابن کے بلبلے کی طرح روئی کے پھولوں پر رکھی جانے لگیں۔ کسی کو قریب کھڑے ہو کر چھینکنے یا ناک سنکنے کی بھی اجازت نہ تھی مبادا ردِ عمل سے بلبلہ شق نہ ہو جائے۔

اب ڈاکٹروں نے کہا خطرہ نکل گیا تو اماں بیگم نے بھی سوچا کہ زچگی علی گڑھ ہی میں ہو۔ ذرا سا تو سفر ہے گو بھابی جان دلی چھوڑتے لرزتی تھیں۔ جہاں کے ڈاکٹروں نے ان کا اتنا سفر صحیح و سالم کٹوا دیا تھا۔ اب آنکھوں کی سوئیاں ہی تو رہ گئی تھیں۔ دوسرے وہ زمانے کے تیور دیکھ رہی تھیں، اگر اب کے وار خالی گیا تو بھائی جان کو ان کے سینے پر سوت لانے میں کوئی بہانہ بھی آڑے نہ رہے گا۔ اب تو وہ نام چلائے والے کی آڑ لے کر سب کچھ کر سکتے تھے۔ خبر نہیں بیچارے کو اتنا اپنا نام زندہ رکھنے اور اسے چلانے کی کیوں فکر پڑی تھی حالانکہ خود ان کا کوئی اونچا نام تھا ہی نہیں، دنیا میں۔ مسہری کی زینت کا جو ایک اہم فرض ہے، اگر وہ بھی نہ پورا کر سکیں تو یقیناً انہیں سکھ کی سیج چھوڑنا پڑے گی۔ یہ چند سال نوجوانی اور حسن کے بل بوتے پر وہ ڈٹی رہیں، پھر اب تو ذرا تخت کے پائے ڈگمگاتے جا رہے تھے اور وہ انہیں الٹ دینے کو تیار تھا اور پھر اس تخت سے اتر کر بے چاری کے پاس دوسری جگہ کہاں تھی۔ سینا

پرونا تو انہوں نے سیکھا اور نہ اس میں جی لگا۔ دو بول پڑھے تھے، سو وہ بھی بھول بھال گئی تھیں۔ سچ تو یہ ہے کہ دنیا میں اگر ان کا کوئی کھلانے پلانے والا نہ رہے تو وہ صرف ایک کام اختیار کر سکتی ہیں۔ یعنی وہی خدمت جو وہ بھائی جان کی کرتی تھیں خلقِ خدا کی کریں۔

لہٰذا وہ جی جان سے اس بار ایک ایسا ہتھیار مہیا کرنے پر تلی ہوئی تھیں جس کے سہارے ان کے کھانے پہننے کا انتظام تو ہو جاتا۔ باپ نہیں، دادا دادی تو پا لیں گے ہی۔

زبردست کا ٹھینگا سر پر۔ اماں بیگم کا نادر شاہی حکم آیا اور ہم لوگ یوں لدے پھندے علی گڑھ چل پڑے۔ نئے تعویذوں اور ٹوٹکوں سے لیس ہو کر بھابی جان میں بھی اتنی ہمت ہو گئی۔

"الٰہی خیر"، بی مغلانی انجن کی ٹکر سے بے خبری میں دھڑام سے گریں اور بھابی جان نے لیٹے لیٹے دونوں ہاتھوں سے گھڑا دبوچ لیا۔

"ہے ہے یہ گاڑی ہے کہ بلا چلا، الٰہی پیروں کا صدقہ۔۔۔ اے مشکل کشا، بی مغلانی بھابی جان کا پیٹ تھام کر بد بد کر کے درود اور کلام پاک کی آیتیں پڑھنے لگیں۔ خدا خدا کر کے غازی آباد آ گیا۔

طوفان میل کا نام بھی خوب ہے۔ دندناتی چلی جاتی ہے۔ رکنے کا نام ہی نہیں لیتی۔ ڈبہ پورا اپنے لیے ریزرو تھا۔ بھیڑ بھاڑ کا خدشہ ہی نہ تھا۔ میں کھڑکی کے سامنے والی گلی میں بھری ہوئی مخلوق سے مطالعے میں محو اور بی مغلانی انجن کی سیٹی کے خوف سے کان بند کیے بیٹھی تھیں۔ بھابی جان کو تو دور ہی سے بھیڑ کو دیکھ کر چکر

آگیا اور وہ وہیں پڑی پر پسر گئیں۔ جوں ہی ریل رینگی، ڈبہ کا دروازہ کھلا اور ایک کنواری گھسنے لگی۔ قلی نے بہیترا گھسیٹا، مگر وہ چلتی ریل کے پائیدان پر ڈھیٹ چھپکلی کی طرح لٹک گئی اور بی مغلانی کی "ہیں ہیں" کی پرواہ نہ کر کے اندر رینگ آئی اور غسل خانے کے دروازے سے پیٹھ لگا کر ہانپنے لگی۔

"اے ہے موئی توبہ ہے"، بی مغلانی ممنائیں۔ "اے نگوڑی کیا پورے دن سے ہے۔"

"ہانپتی ہوئی بیدم عورت نے اپنے پپڑیاں جمے ہونٹوں کو بمشکل مسکراہٹ میں پھیلایا اور اثبات میں سر ہلایا۔

"اے خدا کی سنوار دیدہ تو دیکھو سردار کا۔۔ توبہ ہے اللہ توبہ"، اور وہ باری باری اپنے گالوں پر تھپڑ مارنے لگیں۔

عورت نے کچھ جواب نہ دیا صرف درد کی شدت سے تڑپ کر غسل خانے کا دروازہ دونوں ہاتھوں سے پکڑ لیا۔ سانس اور بے ترتیب ہو گیا اور پیشانی پر پسینے کے قطرے ٹھنڈی مٹی پر اوس کی بوندوں کی طرح پھوٹ آئے۔

"اری کیا پہلوٹھی کا ہے؟" بی مغلانی نے اس کے الھڑپن سے خوفزدہ ہو کر کہا اور اس بار کرب کا ایسا حملہ پڑا کہ وہ جواب ہی نہ دے سکی۔ اس کے چہرے کی ساری رگیں کھنچنے لگیں، لمبے لمبے آنسو اس کی ابلی ہوئی آنکھوں سے پھوٹ نکلے۔ بی مغلانی ہے ہے، اوئی، ہائے، کرتی رہیں اور وہ درد کی لہر کو گھونٹتی رہی۔ میں بسور رہی تھی اور بھابی جان سسکیاں لے رہی تھیں۔

"اے ہے بی گنواری کیا مزے سے بیٹھی دیکھ رہی ہو۔ اے بیٹی ادھر منہ کر

کے بیٹھو"، اور گنواری نے جلدی سے منہ ادھر کر لیا۔ پھر جوں ہی درد کی لہر سے تڑپ کر اس نے آواز نکالی، گردن قابو میں نہ رہ سکی، اور بی مغلانی نے صلواتیں سنانی شروع کیں، "اونھ، توبہ، جیسے ایک بچے کو دنیا میں داخل ہوتے دیکھ کر میرا کنوارپن مسخ ہی تو جائے گا۔" بھابی جان دوپٹہ منہ پر لپیٹے بسور رہی تھیں۔ بی مغلانی ناک پر برقعہ رکھے خی خی تھوک رہی تھیں اور ریل کے فرش کی جان کو رو رہی تھی۔

ایک دم ایسا معلوم ہوا ساری دنیا سکڑ کر کھڑی ہوگئی۔ فضا گھٹ کر ٹیڑھی میڑھی ہوگئی۔ شدت احساس سے میری کنپٹیاں لوہے کی سلاخوں کی طرح اکڑ گئیں اور بے اختیار آنسو نکل پڑے۔ میں نے سوچا عورت اب مری اور اب مری کہ ایک دم سے فضا کا تشنج رک گیا۔ بی مغلانی کی ناک کا برقعہ پھسل پڑا اور بالکل بھابی جان کی سلیم شاہی جوتیوں کے پاس لال لال گوشت کی بوٹی آن پڑی۔ حیرت اور مسرت کی ملی جلی چیخ میرے منہ سے نکلی اور جھک کر اس ننھی سی کائنات کو دیکھنے لگی جس نے اپنا لمبا چوڑا دہانہ کھول کر ہائے توبہ ڈال دی۔

بی مغلانی نے میری چوٹی پکڑ کر مجھے کونے میں ٹھونس دیا اور اس عورت پر گالیوں اور ملامتوں کا طومار لے کر ٹوٹ پڑیں۔ میں نے سیٹ کے کونے سے آنسوؤں کی چلمن سے جھانک کر دیکھا تو وہ عورت مری نہ تھی۔ بلکہ اس کے سوکھے ہوئے ہونٹ جنھیں اس نے چپا ڈالا تھا۔ آہستہ آہستہ مسکراہٹ میں پھیل رہے تھے۔ اس نے ننھے سے سائل کی واویلا سے بے چین ہو کر آنکھیں کھول دی۔ آڑی ہو کر اس نے اسے اٹھا لیا۔ کچھ دیر وہ اپنے ناتجربہ کار ہاتھوں سے اسے صاف کرتی

رہی۔ پھر اس نے اوڑھنی سے دھجی پھاڑ کر نال کو کس کر باندھ دیا۔ اس کے بعد وہ بے کسی سے ادھر ادھر دیکھنے لگی۔ مجھے اپنی طرف مخاطب دیکھ کر وہ ایک دم کھل کھلا کر ہنس پڑی "کوئی چھری چکو ہے بی بی جی؟"

بی مغلانی گالیاں دیتی رہ گئیں۔ بھابی جان نے بسور کر میرا آنچل کھینچا، پر میں نے ناخون کاٹنے کی قینچی اسے پکڑا دی۔

اس کا سن میرے ہی اتنا ہوگا یا شائد سال چھ مہینے بڑی ہو۔ وہ اپنے الھڑ، ناتجربہ کار ہاتھوں سے ایک بچہ کا نال کاٹ رہی تھی جو اس نے چند منٹ پیشتر جنا تھا۔ اسے دیکھ کر مجھے وہ بھیڑ بکریاں یاد آنے لگیں جو بغیر دائی اور لیڈی ڈاکٹر کی مدد کے گھاس چرتے چرتے پیڑ تلے زچہ خانہ رما لیتی ہیں اور نوزائیدہ کو چاٹ چاٹ کر قصہ ختم کرتی ہیں۔

بزرگ لوگ کنواری لڑکیوں کو بچہ کی پیدائش دیکھنے سے منع کرتے ہیں۔ اور کہتے ہیں کہ زیب النساء نے اپنی بہن کے ہاں بچہ پیدا ہوتے دیکھ لیا تھا تو وہ ایسی ہیبت زدہ ہوئی کہ ساری عمر شادی ہی نہ کی۔ شائد زیب النساء کی بہن میری بھابی جان جیسی ہوگی، ورنہ اگر وہ اس فقیرنی کے بچہ پیدا ہوتے دیکھ لیتی تو میری ہی ہم خیال ہو جاتی کہ سب ڈھونگ رچاتے ہیں۔ بچہ پیدا کرنا اتنا ہی آسان ہے جتنا بھابی جان کے لیے ریل پر سوار ہونا یا اترنا۔

اور مجھے تو ایسی بھیانک قسم کی شرم کی بات بھی نہ معلوم ہوئی۔ اس سے کہیں زیادہ بے ہودہ باتیں بی مغلانی اور اماں ہر وقت مختلف عورتوں کے بارے میں کیا کرتی تھیں جو میرے کچے کانوں میں جا کر بھنے چنوں کی طرح پھوٹا کرتی تھیں۔

تھوڑی دیر تو وہ پھوہڑ پن سے بچے کو دودھ پلانے کی کوشش کرتی رہی۔ آنسو خشک ہو چکے تھے اور وہ کبھی کبھی ہنس رہی تھی جیسے اسے کوئی گدگدا رہا ہو۔ پھر مغلانی کے ڈانٹنے پر وہ سہم گئی اور بچے کو چیتھڑوں میں لپیٹ کر الگ سیٹ کے نیچے رکھ دیا اور اٹھ کھڑی ہوئی۔ بھابی جان کی چیخ نکل گئی۔

اتنے میں بی مغلانی بھابی جان کو ٹٹولتی سہلاتی رہیں۔ اس نے باتھ روم سے پانی لا کر ڈبہ کو صاف کرنا شروع کیا۔ بھابی جان کی زرکار سلیم شاہی دھو پونچھ کر کونے سے لگا کر کھڑی کر دی۔ پھر اس نے پانی اور چھیتھڑوں کی مدد سے ڈبہ سے جملہ زچگی کے نشانات دور کر ڈالے۔ اتنے میں ہم تینوں مقدس بیبیاں سیٹوں پر لدی احمقوں کی طرح اسے دیکھتی رہیں۔ اس کے بعد وہ بچہ کو چھاتی سے لگا کر باتھ روم کے دروازے کے سہارے ہو بیٹھی جیسے کوئی گھر کا معمولی کام کاج کر کے جی بہلانے فرصت سے بیٹھ جائے اور چنے چباتے چباتے اونگھ گئی۔

پر گاڑی کے دھچکے سے وہ چونک پڑی۔ گاڑی رکتے رکتے اس نے ڈبے کا دروازہ کھولا اور پیر تولتی اتر گئی۔

ٹکٹ چیکر نے پوچھا، "کیوں ری ٹکٹ؟" اور اس نے مسرت سے بے تاب ہو کر جھولی پھیلا دی جیسے وہ کہیں سے جھڑبیری کے بیر چرا کر لائی ہو۔ ٹکٹ چیکر منہ پھاڑے کھڑا رہ گیا۔ اور وہ ہنستی پیچھے مڑ مڑ کر دیکھتی بھیڑ میں گم ہو گئی۔

"خدا کی سنوار ان خانگیوں کی صورت پر۔ یہ حرامی حلالی جنتی پھرتی ہیں موئی جادوگرنیاں"، بی مغلانی بڑبڑائیں۔ ریل نے ٹھوکر لی اور چل پڑی۔

بھابی جان کی سسکیاں ایک منظم چیخ میں ابھر آئیں، "ہے ہے مولا خیر ہے بیگم

دلہن!" بی مغلانی ان کا متغیر چہرہ دیکھ کر لرزیں۔ اور وہاں خیر غائب تھی۔

اور بھابی جان کے ہونق چہرے پر بھائی جان کی دوسری شادی کے تاشے باجے خزاں برسانے لگے۔

قسمت کی خوبی دیکھیے ٹوٹی کہاں کمند

دو چار ہاتھ جب کہ لب بام رہ گیا

نئی روح دنیا میں قدم رکھتے جھجک گئی اور منہ بسور کر لوٹ گئی۔ میری پنچ پھلا رانی نے جو طلسم ہوش ربا قسم کی زچگی دیکھی تو مارے ہیبت کے حمل گر گیا۔

***

مغل بچہ

وہ مرتے مر گیا مگر مغلیہ شہنشاہیت کی ضد کو برقرار رکھا۔

فتح پور سیکری کے سنسان کھنڈروں میں گوری دادی کا مکان پرانے سوکھے زخم کی طرح کھٹکتا تھا۔ کگیا اینٹ کا دو منزلہ گھٹا گھٹا سا مکان ایک مار کھائے روٹھے ہوئے بچے کی طرح لگتا تھا۔ دیکھ کر ایسا معلوم ہوتا تھا وقت کا بھونچال اس کی ڈھٹائی سے عاجز آکر آگے بڑھ گیا اور شاہی شان و شوکت پر ٹوٹ پڑا۔

گوری دادی سفید جھک چاندنی بچھے تخت پر سفید بے داغ کپڑوں میں ایک سنگ مرمر کا مقبرہ معلوم ہوتی تھیں۔ سفید ڈھیروں بال، بے خون کی سفید دھوئی ہوئی ململ جیسی جلد، ہلکی کرنجی آنکھیں جن پر سفیدی رینگ آئی تھی، پہلی نظر میں سفید لگتی تھیں۔ انہیں دیکھ کر آنکھیں چکاچوند ہو جاتی تھیں۔ جیسے بسی ہوئی چاندنی کا غبار ان کے گرد معلق ہو۔

نہ جانے کب سے جیئے جا رہی تھیں۔ لوگ ان کی عمر سو سے اوپر بتاتے تھے۔ کھلی گم سم بے نور آنکھوں سے وہ اتنے سال کیا دیکھتی رہی تھیں۔ کیا سوچتی رہی تھیں کیسے جیتی رہی تھیں۔ بارہ تیرا برس کی عمر میں وہ میری اماں کے چچا دادا سے بیاہی تو گئی تھیں مگر انہوں نے دلہن کا گھونگٹ بھی نہ اٹھایا۔ کنوارپن کی ایک صدی

انہوں نے انہی کھنڈروں میں بتائی تھیں۔ جتنی گوری بی سفید تھیں اتنے ہی ان کے دولہا سیاہ بھٹ تھے۔ اتنے کالے کہ ان کے آگے چراغ بجھے، گوری بی بجھ کر بھی دھواں دیتی رہیں۔

سرشام کھانا کھا کر جھیلوں میں سوکھا میوہ بھر کے ہم بچے لحافوں میں بدک کر بیٹھ جاتے اور پرانی زندگی کی ورق گردانی شروع ہو جاتی بار بار سنکر بھی جی نہ بھرتا۔ ادبدا کر گوری بی اور کالے میاں کی کہانی دہرائی جاتی۔ بچارے کی عقل پر پتھر پڑ گئے تھے کہ اتنی گوری دلہن کا گھونگٹ بھی نہ اٹھایا۔

اماں سال کے سال پورا لاؤ لشکر لے کر میکے پر دھاوا بول دیتیں۔ بچوں کی عید ہو جاتی فتح پور سیکری کے پر اسرار شاہی کھنڈروں میں آنکھ مچولی کھیلتے کھیلتے جب شام پڑ جاتی تو کھوئی کھوئی سرمئی فضا سے ڈر لگنے لگتا۔ ہر کونے سے سائے لپکتے۔ دل دھک دھک کرنے لگتے۔

"کالے میاں آگئے۔" ہم ایک دوسرے کو ڈراتے۔ گرتے پڑتے بھاگتے اور لگیا اینٹ کے دو منزلہ مکان کی آغوش میں دبک جاتے۔ کالے میاں ہر اندھیرے کونے میں بھوت کی طرح چھپے محسوس ہوتے۔ بہت سے بچے مرنے کے بعد حضرت سلیم چشتی کی درگاہ پر ماتھا رگڑا۔ تب گوری بی کا منہ دیکھنا نصیب ہوا۔ ماں باپ کی آنکھوں کی ٹھنڈک گوری بی بڑی ضدی تھیں۔ بات بات پر اٹوائٹی کھٹوائی لے کر پڑ جاتیں۔ بھوک ہڑتال کر دیتیں گھر میں کھانا پکتا، کوئی منہ نہ جھٹالتا جوں کا توں اٹھوا کر مسجد میں بھجوا دیا جاتا گوری بی نہ کھاتی تو اماں باوا کیسے نوالہ توڑتے۔

بات اتنی سی تھی کہ جب منگنی ہوئی تو لوگوں نے مذاق میں چھینٹے کئے۔

"گوری دلہن کالا دولہا۔"

مگر مغل بچے مذاق کے عادی نہیں ہوتے۔ سولہ سترہ برس کے کالے میاں اندر ہی اندر گھٹے رہے۔ جل کر مرنڈا ہوتے رہے۔

"دلہن میلی ہو جائے گی خبر دار یہ کالے کالے ہاتھ نہ لگانا۔"

"بڑے نازوں کی پالی ہے تمہاری تو پر چھائیں پڑی تو کالی ہو جائے گی۔"

"بڑا اتیہا ہے ساری عمر جوتیاں اٹھوائے گی۔"

انگریزوں نے جب مغل شاہی کا انتم سنسکار کیا تو سب سے بری مغل بچوں پر بیتی کہ وہی زیادہ عہدے سنبھالے بیٹھے تھے۔ جاہ جاگیر چھن جانے کے بعد لاکھ کے گھر دیکھتے دیکھتے خاک ہو گئے۔ بڑی بڑی ڈھنڈار حویلیوں میں مغل بچے بھی پرانے سامان کی طرح جا پڑے۔ بھونچکے سے رہ گئے جیسے کسی نے پیروں تلے سے تختہ کھینچ لیا۔

تب ہی مغل بچے اپنے غرور اور خودداری کی تار تار چادر میں سمٹ کر اپنے اندر ہی اندر گھلتے چلے گئے۔ مغل بچے اپنے محور سے کچھ کھسکے ہوئے ہوتے ہیں۔ کھرے مغل کی یہی پہچان ہے کہ اس کے دماغ کے دو چار پیچ ڈھیلے یا ضرورت سے زیادہ تنگ ہوتے ہیں۔ عرش سے فرش کی طرف لڑھکے ہی تو ذہنی توازن ڈگمگا گئے۔ زندگی کی قدریں غلط ملط ہو گئیں۔ دماغ سے زیادہ جذبات سے کام لینے لگے۔

انگریز کی چاکری لعنت اور محنت مزدوری کی کسرِ شان جو کچھ اثاثہ بچا اسے بیچ بیچ کر کھاتے رہے۔ ہمارے ابا کے چچا روپیہ پیسہ کی جگہ چچی کے جہیز کے پلنگ کے پایوں سے چاندنی کا پتر اکھیڑے جاتے تھے۔ زیور اور برتنوں کے بعد ٹکے جوڑے

نوچ نوچ کر کھاتے۔ پان دان کی کلھیاں سل بٹے سے کچل کر ٹکڑا ٹکڑا بیچیں اور کھائیں۔ گھر کے مرد دن بھر پلنگ کی ادوائین توڑتے۔ شام کو پرانی گھنی اچکن پہنی اور شطرنج پچیسی کھیلنے نکل گئے۔ گھر کی بیویاں چھپ چھپ کر سلائی کر لیتیں۔ چار پیسوں سے چولہا جل جاتا، یا محلہ کے بچوں کو قرآن پڑھا دیتیں تو کچھ نذرانہ مل جاتا۔

کالے میاں نے دوستوں کی چھیڑ خانی کو جی کا گھاؤ بنا لیا جیسے موت کی گھڑی نہیں ٹلتی ویسے ہی باپ ماں کی طے کی ہوئی شادی نہ ٹلی۔ کالے میاں سر جھکا کے دولہا بن گئے۔ کسی سر پھری نے عین آرسی مصحف کے وقت اور چھیڑ دیا۔

"خبر دار جو دلہن کو ہاتھ لگایا کالی ہو جائے گی۔"

مغل بچہ چوٹ کھائے ناگ کی طرح پلٹا، سر سے بہن کا آنچل نوچا اور باہر چلا گیا۔

ہنسی میں کھسی ہو گئی۔ ایک ماتم برپا ہو گیا۔ مردان خانہ میں اس ٹریجڈی کی خبر ہنسی میں اڑا دی گئی بغیر آرسی مصحف کے رخصت ایک قیامت تھی۔

"بخدا میں اس کا غرور چکنا چور کر دوں گا۔ کسی ایسے ویسے سے نہیں مغل بچہ سے واسطہ ہے"، کالے میاں پھنکارے۔

کالے میاں شہتیر کی طرح پوری مسہری پر دراز تھے۔ دلہن ایک کونے میں گٹھری بنی کانپ رہی تھیں۔ بارہ برس کی بچی کی بساط ہی کیا؟

"گھونگٹ اٹھاؤ۔" کالے میاں ڈکرائے۔

دلہن اور گڑی مڑی ہو گئی۔

"ہم کہتے ہیں گھونگٹ اٹھاؤ"، کہنی کے بل اٹھ کر بولے۔

سہیلیوں نے تو کہا تھا۔ دولہا ہاتھ جوڑے گا پیر پڑے گا پر خبر دار جو گھونگٹ کو ہاتھ لگانے دیا۔ دلہن جتنی زیادہ مدافعت کرے اتنی ہی زیادہ پاکباز۔

"دیکھو جی تو نواب زادی ہوگی اپنے گھر کی ہماری تو پیر کی جوتی ہو۔ گھونگٹ اٹھاؤ۔ ہم تمہارے باپ کے نوکر نہیں۔"

دلہن پر جیسے فالج گر گیا۔

کالے میاں چیتے کی طرح لپک کر اٹھے جوتیاں اٹھا کر بغل میں دابیں اور کھڑکی سے پائیں باغ میں کود گئے۔ صبح کی گاڑی سے وہ جودھپور دندنا گئے۔

گھر میں سوتا پڑا تھا۔ ایک اکابی جو دلہن کے ساتھ آئی تھیں جاگ رہی تھیں۔ کان دلہن کی چیخوں کی طرف لگے تھے۔ جب دلہن کے کمرے سے چوں بھی نہ آئی تو ان کے تو پیروں کا دم نکلنے لگا ہے ہے کیسی بے حیا لڑکی ہے۔ لڑکی جتنی معصوم اور کنواری ہوگی اتنا ہی زیادہ دند مچائے گی۔ کیا کچھ کالے میاں میں کھوٹ ہے۔ جی چاہا کوئیاں میں کود کے قصہ پاک کریں۔

چپکے سے کمرے میں جھانکی تو جی سن سے ہو گیا۔ دلہن جیسی کی تیسی دھری تھی اور دولہا غائب۔

بڑے غیر دلچسپ قسم کے ہنگامے ہوئے تلواریں کھینچیں بڑی مشکل سے دلہن نے جو بیتی تھی کہہ سنائی۔ اس پر طرح طرح کی چہ میگوئیاں ہوتی رہیں۔ خاندان میں دو پارٹیاں بن گئیں۔ ایک کالے میاں کی، دوسری گوری بی کی طرفدار۔

"وہ آخر خدائے مجازی ہے۔ اس کا حکم نہ ماننا گناہ ہے۔" ایک پارٹی جمی ہوئی تھی۔

"کہیں کسی دلہن نے خود گھونگٹ اٹھایا ہے؟" دوسری پارٹی کی دلیل تھی۔

کالے میاں کو جودھپور سے بلوا کر دلہن گھونگٹ اٹھوانے کی ساری کوششیں ناکام گئیں۔ وہ وہاں گھوڑ سواروں میں بھرتی ہو گئے اور بیوی کو نان نفقہ بھیجتے رہے جو گوری بی کی اماں سمدھن کے منہ پر مار آتیں۔

گوری بی کلی سے پھول بن گئیں۔ ہر اٹھواڑے ہاتھ پیر میں مہندی رچاتی رہیں اور بندھے ٹکے ڈوپٹے اوڑتی رہیں اور جیتی رہیں۔

پھر خدا کا کرنا ایسا ہوا کہ باوا کی مرن گھڑی آ پہنچی۔ کالے میاں کو خبر گئی تو نہ جانے کس موڈ میں تھے کہ بھاگے آئے۔ باوا موت کا ہاتھ جھٹک کر اٹھ بیٹھے۔ کالے میاں کو طلب کیا دلہن کا گھونگٹ اٹھانے کی باریکیوں پر مسکوٹ ہوئی۔

کالے میاں نے سر جھکا دیا۔ مگر شرط وہی رہی کہ حشر ہو جائے مگر گھونگھٹ تو دلہن کو اپنے ہاتھوں اٹھانا پڑے گا۔ "قبلہ کعبہ میں قسم کھا چکا ہوں میرا سر قلم کر دیجیے مگر قسم نہیں توڑ سکتا۔"

مغل بچوں کی تلواریں زنگھیا چکی تھیں۔ آپس میں مقدمہ بازیوں نے سارا کلف نکال دیا تھا۔ بس احمقانہ ضدیں رہ گئی تھیں، ایک انہیں کو کلیجے سے لگائے بیٹھے تھے۔ کسی نے کالے میاں سے نہ پوچھا تم نے ایسی احمقانہ قسم کھائی ہی کیوں کہ اچھی بھلی زندگی عذاب ہو گئی۔

خیر صاحب گوری بی پھر دلہن بنائی گئیں۔ گگیا اینٹ والا مکان پھر پھولوں اور

شمامۃ العنبر کی خوشبو سے مہک اٹھا۔ اماں نے سمجھایا۔ "تم اس کی منکوحہ ہو بیٹی جان۔ گھونگٹ اٹھانے میں کوئی عیب نہیں۔ اس کی ضد پوری کر دو مغل بچہ کی آن رہ جائے گی۔ تمہاری دنیا سنور جائے گی، گودی میں پھول برسیں گے۔ اللہ رسول کا حکم پورا ہو گا۔"

گوری بی سر جھکائے سنتی رہیں۔ کچی کلی سات سال میں نوخیز قیامت بن چکی تھی۔ حسن اور جوانی کا ایک طوفان تھا جو ان کے جسم سے پھوٹا نکلتا تھا۔

عورت کالے میاں کی سب سے بڑی کمزوری تھی۔ سارے حواس اسی ایک نکتہ پر مرکوز تھے۔ مگر ان کی قسم ایک میخ دار آہنی گولے کی طرح ان کے حلق میں پھنسی ہوئی تھی۔ ان کے تخیل نے سات سال آنکھ مچولی کھیلی تھی۔ انہوں نے بیسیوں گھونگٹ نوچ ڈالے رنڈی بازی، لونڈے بازی، بٹیر بازی، کبوتر بازی غرض کوئی بازی نہ چھوڑی مگر گوری بی کے گھونگٹ کی چوٹ دل میں پنجے گاڑے رہی۔ جو سات سال سہلانے کے بعد زخم بن چکی تھی۔ اس بار انہیں یقین تھا ان کی قسم پوری ہو گی۔ گوری بی ایسی عقل کی کوری نہیں کہ جینے کا یہ آخری موقع بھی گنوا دیں، دو انگلیوں سے ہلکا پھلکا آنچل ہی تو سرکانا ہے کوئی پہاڑ تو نہیں ڈھونے۔

"گھونگٹ اٹھاؤ"، کالے میاں نے بڑی لجاحت سے کہنا چاہا مگر مغلی دبدبہ غالب آگیا۔

گوری بیگم غرور سے تمتمائی سناٹے میں بیٹھی رہی۔

"آخری بار حکم دیتا ہوں۔ گھونگٹ اٹھا دو، ورنہ اسی طرح پڑی سڑ جاؤ گی، اب جو گیا، پھر نہ آؤں گا۔"

مارے غصہ کے گوری بی لال بھبوکا ہو گئیں۔ کاش ان کے سلگتے رخسار سے ایک شعلہ لپکتا اور وہ منحوس گھونگٹ خاکستر ہو جاتا۔

بیچ کمرے میں کھڑے کالے میاں کوڑیالے سانپ کی طرح جھومتے رہے۔ پھر جوتے بغل میں دبائے اور پائیں باغ میں اتر گئے۔

اب وہ پائیں باغ کہاں؟ ادھر پچھواڑے لکڑیوں کی ٹال لگ گئی۔ بس دو جامن کے پیڑ رہ گئے تھے اور ایک جغادری بدگو بیلے چمبیلی کی روشیں، گلابوں کے جھنڈ، شہتوت اور انار کے درخت کب کے لٹ پٹ گئے۔

جب تک ماں زندہ رہیں گوری بی کو سنبھالے رہیں ان کے بعد یہ ڈیوٹی خود گوری بی نے سنبھال لی۔ ہر جمعرات کو مہندی پیس کر پابندی سے لگاتیں ڈوپٹہ رنگ چن کر ٹانکتیں اور جب تک سسرال زندہ رہی تہوار پر سلام کرنے جاتی رہیں۔

اب کے جو کالے میاں گئے تو غائب ہی ہو گئے۔ برسوں ان کا سراغ نہ ملا۔ ماں باپ رو رو کر اندھے ہو گئے، وہ نہ جانے کن جنگلوں کی خاک چھانتے پھرے۔ کبھی خانقاہوں میں ان کا سراغ ملتا۔ کبھی کسی مندر کی سیڑھیوں پر پڑے ملتے۔

گوری بی کے سنہری بالوں میں چاندی گھل گئی۔ موت کی جھاڑو کام کرتی رہی۔ آس پاس کی زمینیں مکان کوڑیوں کے مول بکتے گئے۔ کچھ پرانے لوگ زبردستی ڈٹ گئے۔ کنجڑے قصائی آن بسے، پرانے محل ڈھے کر نئی دنیا کی بنیاد پڑنے لگی۔ پرچون کی دکان، ڈسپنسری ایک مرگھلا سا جنرل سٹور بھی اگ آیا، جہاں المونیم کی پتلیاں اور لپٹن چائے کی پڑیوں کے ہار لٹکنے لگے۔

ایک مفلوج مٹھی کی دولت رس کر بکھر رہی تھی۔ چند محتاط انگلیاں سمیٹنے میں

لگی تھیں۔ جو کل تک ادوائین پر بیٹھتے تھے جھک جھک کر سلام کرتے تھے آج ساتھ اٹھنا بیٹھنا کسر شان سمجھنے لگے۔

گوری بی کا زیور آہستہ آہستہ لالہ جی کی تجوری میں پہنچ گیا۔ دیواریں ڈھے رہی تھیں۔ چھجے جھول رہے تھے۔ بچے کھچے مغل بچے افیون کا انٹا نگل کر پتنگوں کے پیچ لڑا رہے تھے۔ تیتر بٹیر سدھارہ تھے۔ اور کبوتروں کی دموں کے پر گن کر ہلکان ہو رہے تھے۔ لفظ مرزا جو کبھی شان اور دبدبے کی علامت سمجھا جاتا تھا مذاق بن رہا تھا۔ گوری بیوی کولہو کے اندھے بیل کی طرح زندگی کے چھکڑے میں جتی اپنے محور پر گھومے جا رہی تھیں۔ ان کی کرنجی آنکھوں میں تنہائیوں نے ڈیرہ ڈال دیا تھا۔

ان کے لیے طرح طرح کے افسانے مشہور تھے کہ ان پر جنوں کا بادشاہ عاشق تھا۔ جونہی کالے میاں ان کے گھونگٹ کو ہاتھ لگاتے چٹ تلوار سونت کر کھڑا ہو جاتا۔ ہر جمعرات کو عشاء کی نماز کے بعد وظیفہ پڑھتی ہیں تب سارا آنگن کوڑیالے سانپوں سے بھر جاتا ہے۔ پھر سنہری کلغی والا سانپوں کا بادشاہ اگجر پر سوار ہو کر آتا ہے۔ گوری بی کی قرآت پر سر دھنتا ہے پو پھٹتے ہی سب ناگ رخصت ہو جاتے ہیں۔

جب ہم یہ قصے سنتے تو کلیجے اچھل کر حلق میں پھنس جاتے اور رات کو سانپوں کی پھنکاریں سن کر سوتے ہیں چونک کر چیخیں مارتے۔

گوری بی نے ساری عمر کیسے کیسے ناگ کھلائے ہوں گے۔ کیسے اکیلی نامراد زندگی کا بوجھ ڈھویا ہو گا۔ ان کے رسیلے ہونٹوں کو بھی کسی نے نہیں چوما۔ انہوں نے جسم کی پکار کو کیا جواب دیا ہو گا؟

کاش یہ کہانی یہیں ختم ہو جاتی۔ مگر قسمت مسکرا رہی تھی۔

پورے چالیس برس بعد کالے میاں اچانک آپ ہی آن دھمکے۔ انہیں قسم قسم کے لاعلاج امراض لاحق تھے پور پور سڑ رہی تھی۔ روم روم رس رہا تھا۔ بدبو کے مارے ناک سڑی جاتی تھی۔ بس آنکھوں میں حسرتیں جاگ رہی تھیں جن کے سہارے جان سینے میں اٹکی ہوئی تھی۔

"گوری بی سے کہو مشکل آسان کر جائیں۔"

ایک کم ساٹھ کی دلہن نے روٹھے ہوئے دولہا میاں کو منانے کی تیاریاں شروع کر دیں۔ مہندی گھول کر ہاتھ پیروں میں رچائی۔ پانی سمو کر پنڈا پاک کیا۔ سہاگ کا چکٹا ہوا تیل سفید لٹوں میں بسایا۔ صندوق کھول کر بور بور ٹپکتا جھڑتا بری کا جوڑا نکال کر پہنا اور ادھر کالے میاں دم توڑتے رہے۔

جب گوری بی شرماتی لجاتی دھیرے دھیرے قدم اٹھاتی ان کے سرہانے پہنچیں تو جھنگے پر چکیٹ تکیے اور گوڈر بستر پر پڑے ہوئے کالے میاں کی مٹھی بھر ہڈیوں میں زندگی کی لہر دوڑ گئی۔ موت کے فرشتے سے الجھتے ہوئے کالے میاں نے حکم دیا،

"گوری بی گھونگٹ اٹھاؤ۔"

گوری بی کے ہاتھ اٹھے مگر گھونگٹ تک پہنچنے سے پہلے گر گئے۔ کالے میاں دم توڑ چکے تھے۔

وہ بڑی سکون سے اکڑوں بیٹھ گئیں، سہاگ کی چوڑیاں ٹھنڈی کیں اور رنڈاپے کا سفید آنچل ماتھے پر کھنچ گیا۔

***

بیڑیاں

"تو یہ ہیں تمہاری قبر آپا۔۔۔ لا حول و لا قوۃ وحید نے اچھا بھلا لمبا سگریٹ پھینک کر دوسرا سلگا لیا۔ کوئی اور وقت ہوتا تو جمیلہ اس سے بری طرح لڑتی اسے یہی برا لگتا تھا کہ سگریٹ سلگا لی جائے اور پی نہ جائے بلکہ باتیں کی جائیں۔ جب سلگائی ہے تو پیو۔ دھواں بنا کر اڑا دینے سے فائدہ۔ مفت کی تو آتی نہیں۔ مگر اس وقت وہ ہنسی کو دبانے میں ایسی مشغول تھیں کہ گھریلو اقتصادیات کا بالکل دھیان نہ رہا۔

"اوئی اللہ۔۔۔ کبریٰ آپا سن لیں تو۔۔۔"

"ہماری بلا سے، سن لیں۔۔۔ چہ چہ۔۔۔ سراسر دھوکا۔۔۔ جعل یعنی ہم یہاں پیاری سی چٹاخ چٹاخ سالی کے تخیل میں گھل رہے ہیں۔ یار دوستوں کو ادھ مرا کر دیا ہے۔۔۔ رشک کے مارے، ہٹاؤ بھی نری وہ ہو تم۔"

"تو۔۔۔ کیا آپ سمجھتے تھے، میں سچ مچ انہیں حسین کہتی تھی۔ یونہی ذرا آپ کو چھیڑنے کو کہہ دیا تھا۔ ہونھ، بڑے آئے وہاں سے جیسے میری بہنیں ٹکھیائیاں ہیں جو تم سے ٹھٹول کرنے آہی تو جائیں گی یہاں۔"

"ارے تو کیا حرج ہے ٹھٹول میں۔۔۔ کھا تو نہیں جاؤں گا بابا۔۔۔ ایسا تم نے کیا نگل لیا جو۔۔۔ تمہاری ان قبر۔۔۔"

"ہوش میں ذرا۔۔۔ اترائے ہی چلے جارہے ہیں۔"

"تو پھر کیوں دیا دھوکا۔"

"کس کمبخت نے دھوکا دیا آپ کو،" جمیلہ بنی۔ حالانکہ خوب جانتی تھی۔

"ارے ہم سمجھتے تھے چلی آرہی ہوگی رس گلے جیسی میٹھی کوئی منی سی سالی۔۔۔"

"چپ رہو جی۔۔۔ ہونہہ۔۔۔ تو کیا برائی ہے ان میں۔۔۔"

"کس میں! قبر آپا ہیں؟ کوئی نہیں بہترین، جتنی قبر ہیں۔۔۔ ایسی کہ بس دیکھتے ہی مر جانے کو جی چاہے۔ قبر کی آغوش میں۔۔۔ واہ۔"

"میں کہتی ہوں کیا عیب ہے۔ ایسی کٹارہ جیسی ناک۔۔۔ اتنا سبک دہانہ۔۔۔ ہاں آنکھیں نہ بہت اچھی ہیں اور نہ بہت بری۔ مگر ناک نقشہ تو۔۔۔"

"یہاں ناک نقشہ کون کمبخت ناپ رہا ہے۔۔۔ اور کس کمبخت نے تم سے کہا کہ ہمیں کٹارہ جیسی ناک چاہیے۔ ہم کہتے ہیں عورت کے چہرے پر ناک کی ضرورت ہی نہیں۔ بیکار میں حارج ہوتی ہے۔"

"توبہ! کیسے برے ہیں آپ؟"

"اور کیا؟ یہی تو تم میں خوبی ہے کہ ناک۔۔۔"

"اوئی یہ چیاں جیسی ناک کمبخت۔۔۔ میری ناک بھی کوئی ناک ہے۔"

"بس ٹھیک ہے، اور نہیں تو کیا پھاوڑے برابر ہوتی۔ مگر بابا یہ تمہاری بیچاری بہن۔۔۔ ہمیں تو۔۔۔ صفا بات ہے کچھ۔۔۔"

"ہٹیے بڑے آئے بیچا کہنے والے۔۔۔"

"سوکھی ہڑ! چہ توبہ۔۔۔ ہمیں تو۔۔۔"

"کیا؟" جمیلہ شوق سے آگے جھک گئی۔

"یہی۔۔۔ کہ کیا ہوگیا ان بچاری کو؟ معلوم ہوتا ہے پڑے پڑے دیمک لگ گئی۔"

"چہ۔۔۔ کوئی نہیں۔ صحت اچھی نہیں رہتی۔ رنگت جل گئی۔ رنگ ایسا انار کا دانہ تھا کہ کیا بتاؤں۔"

"اجی کبھی ہوگا اگلے وقتوں میں۔۔۔ اب تو بس نری قبر رہ گئی ہیں اور وہ بھی گھنی گھنائی۔۔۔"

"تو کوئی ایسی زیادے عمر تھوڑی ہے۔۔۔"

"نہ ہوگی مگر معلوم ہوتا ہے ڈال میں لٹکے لٹکے نچڑ گئیں۔ کوئل نے ٹھونگ ماردی شاید۔"

"ہائے اللہ۔۔۔ چپ رہیے۔۔۔ کیا گندی زبان ہے کمبخت!"

"میں کہتا ہوں ایک سرے سے عورت ہی نہیں۔۔۔"

"ایں۔۔۔؟ واہ۔۔۔ آ۔۔۔"

"ہاں۔۔۔ شرط بدلو، آؤ۔۔۔ ہیجڑہ ہیں۔۔۔ تمہارا اکبریٰ آپا۔۔۔"

"ہائے توبہ۔۔۔ آپ نہیں مانگیں گے۔"

"خدا قسم۔۔۔ سچ کہتا ہوں سونگھ کے بتا سکتا ہوں کہ۔۔۔"

"میں نہیں سنتی۔۔۔ میں نہیں۔۔۔" جمیلہ کانوں میں انگلیاں ڈال کر چلانے لگی۔

"سچ۔۔۔ قبر ہیں پوری۔۔۔ اور ہمیں قبر سے ڈر لگتا ہے۔۔۔"

"میں رو دوں گی،" کہنے سے پہلے ہی جمیلہ نے موٹے موٹے آنسو بہانا شروع کیے۔

"ارے رے رے۔۔۔ رو دیں۔۔۔ اچھا نہیں نہیں۔۔۔ ہماری جمو۔۔۔ پچ۔۔۔ ہماری جمو بیٹا۔۔۔"

"پھر۔۔۔ پھر آپ نے مجھے بیٹی کہا۔ پتہ ہے یہ گالی ہے،" جمیلہ آنسوؤں کی لڑیاں بکھیرتی ہوئی دہشت زدہ ہو کر چلائی۔

"ایں؟ گالی۔۔۔ کیسی گالی۔۔۔ بیٹا نہیں بٹیا سہی۔۔۔ کیوں بٹیا تو پسند ہے۔۔۔ بٹیا چاہیے؟"

"ہائے اللہ میں۔۔۔"

"رو دوں گی،" وحید نے نقل کی۔

"مذاق کی حد ہوتی ہے ایک، کتنی دفعہ کہہ چکی ہوں کہ نکاح ٹوٹ جاتا ہے بیٹی، ماں یا بہن کہہ دینے سے۔"

"ارے۔۔۔؟ یہ بات ہے اور تم نے ہمیں پہلے سے بتایا بھی نہیں۔" وحید فکر مند ہو گیا۔ "اب پھر سے نکاح کرنا ہو گا۔۔۔ چلو۔۔۔ چلو اٹھو۔"

"میں۔۔۔ میں تو مر جاؤں اللہ کرے۔۔۔ نہیں جاتی۔۔۔ ہٹیے۔"

"اچھا تو پھر یہیں سہی۔۔۔"

"ہائے!" اچک کر جمیلہ بھاگی۔ اس سے قبل کہ وحید اٹھے وہ چبوترے پر سے دھم سے کود باورچی خانہ میں جا چوکی پر پھسکڑا مار کر گئی۔

"ہے ہے نہیں سنتی نیک بخت۔۔۔ کدھر سر پیٹ کے نکل جاؤں میرے اللہ؟" ملانی بی نے سروتہ چھوڑ کر پوری طاقت سے ماتھے پر ہتھیلی ماری۔ پریشان بال، کاندھوں پر دوپٹہ پھیلا، جیسے الگنی پر سکھانے کے لیے ڈال دیا ہو۔ گال دہکتے، آنکھیں آنسوؤں میں نہاتی مگر ہونٹ مسکراہٹ میں مچلتے ہوئے۔۔۔ جمیلہ نے لاپروائی سے چمٹا اٹھا کر چولہے کی راکھ بکھیر دی۔ جلن تھی اسے ملانی بی کی لکچر بازی سے۔ جدھر جاؤ نصیحتوں کی پوٹلیاں ساتھ، سارے گھر کی زنانی پود کی خدائے مجازی سمجھو۔ جب تک زچہ کی پٹی پر پیٹ پکڑ کر نہ بیٹھیں تو نئی روح کا مجال نہیں جو دنیا میں پر بھی مار سکے۔ کنواری بیاہی سب ہی کے مرحلے چٹکیوں میں طے کرا دیتیں۔ ممکن نہیں جو کوئی کیس بگڑ جائے۔۔۔ لڑکی بالیوں کو اشارے کنایہ سے بہوؤں کے گھونگھٹ میں منہ ڈال کر اپنا سبق پڑھا ہی دیتیں۔ جونہی کوئی امید سے ہوتی۔ ملانی بی اس کے گرد گھیرا ڈال پنجے گاڑ کر بیٹھ جاتیں۔

"ہے ہے بنو۔۔۔ اے دلہن۔۔۔ اللہ کا واسطہ یہ جہاز کا جہاز پلنگ گھسیٹ رہی ہو اور جو کچھ دشمنوں کو ہو گیا تو۔۔۔ سہج سہج میری لاڈلی، کتنی دفعہ کہا کنواری بیاہی ایک سماں نہیں۔ بنو وہ دولتیاں اچھالنے کے دن گئے۔۔۔ بیٹی جان پنڈا سنبھال کے چٹخا گھڑا سمجھو، ٹھیس لگی اور لینے کے دینے پڑ جائیں گے۔"

مگر جتنے جتنے پھیرے لگائے جاتے، اتنے ہی چٹخے گھڑوں کی دراڑیں چوڑی ہوتی جاتیں۔ آج اس کے پیچ ڈھیلے تو کل اس کی کلیں خراب۔ آج ایک کے نلے اینٹھے تو کل دوسری کی ناف غائب! توبہ! کیا گھناؤنی چپچپاتی زندگی ہے کہ آئے دن کو ٹھڑیوں میں تیل کڑکڑائے جا رہے ہیں۔ بساندی چھچاندی چیزیں جل رہی ہیں۔ مالشوں کے

گھسے چل رہے ہیں، لیپ بندھ رہے ہیں۔ کیا کمبخت عورتوں کے مرض بھی۔۔۔ مگر مردوں کو کون سے کم روگ لگے ہیں؟ نہ بچے جنیں، نہ خون چسائیں، پھر اللہ مارے کیوں رنجھے جاتے ہیں۔ ایک سے ایک لاجواب بیماری! پٹے پڑے ہیں۔ دوا خانے۔۔۔ دواؤں سے کیسا جی کڑھتا ہے مگر جمیلہ کو بیر تھا ملانی بی سے کنوارپنے میں تو خیر اس نے سنا ہی نہیں اس کا کہنا مگر یہاں بھی اماں جان نے لاڈلی کی جان کو روگ کی طرح لگا دیا تھا، کمبخت اٹھتے بیٹھتے کچوے کے ہی دیتیں مگر وہ انہیں جلانے کو دھمادھم کودتی۔ ایک سپاٹے میں زینے سے اتر آتی، خوب احاطے میں سائیکل چلاتی۔ رسی پھلانگتی اور ملانی بی سینہ کوب لیتیں۔ وحید سے شکایت کرتیں۔۔۔ وہ اور شہہ دیتا ہے اور جب ایک محاذ پر انہیں شکست ہو جاتی تو دوسری طرف رخ کر کے حملہ کرتیں۔ یہ ان کی عادت تھی۔

"ارے بنو یہی تو دن ہیں اوڑھنے پہننے کے۔۔۔ کب سنو ہو تم۔۔۔" وہ سمجھاتیں۔

"بھئی ہمارا جی بولاتا ہے۔۔۔" کس قدر جاہل تھیں ملانی بی۔۔۔ بھلا جب تک گال چکنے ہوں اور باہیں گدگدی ہوں تو حماقت ہے زیور لادنا۔ یہ لیپاپوتی تو جب ضروری ہوتی ہے جب عمارت ذرا دو چار برساتیں جھیل کر کچھ ادھر سے ٹپکنے لگے کچھ ادھر سے جھک جائے مگر ملانی بی کب مانتی تھیں۔ ان کا فلسفہ ہی دوسرا تھا۔ چونے سے پہلے ہی کیوں نہ چھال لگا دو برتن میں! عقل مندی۔

"اے بیگم دم بولاتا ہے! کوئی تم ہی نرالی تو ہو نہیں۔۔۔ خیر ہمارا کیا آپ ہی ترسوگی۔"

"کیوں ترسوں گی۔ جب جی چاہے گا پہن لوں گی۔"

"ارے چاند میرے جب بیڑیا پڑ جائیں گی تو پھر جی بھی نہ چاہے گا۔"

"بیڑیاں؟"

"ہاں اور کیا۔ بیڑیاں ہی ہو ویں ہیں۔۔۔ اب اللہ رکھے، گو موت کرو گی کہ گہنا پاتا کروں گی۔"

توبہ! کیا زبان ہے ملانی بی کی جیسے کیچڑ بھری نالی۔ اور ساتھ ساتھ کیا لفنگوں جیسی آنکھیں بتاتی تھیں کہ اچھا بھلا انسان جھینپ کر رہ جائے۔ اٹھتے بیٹھتے بس یہی ایک دعا تھی۔ اللہ گود ہری بھری رکھے! بیٹا ہو۔ گود بھرتے وقت جو سمدھنوں نے اسے دودھوں نہاتے اور پوتوں پھلنے کی دعا دینا شروع کی تو یہ دن ہو گیا۔۔۔ کسی سلام کا جواب ڈھنگ کا نہیں ملتا۔ وہی مرغے کی ایک ٹانگ۔ جھٹ پٹ بچہ دو۔

سانس لینا شوار ہے۔ ادھر سہرے کے پھول کھلے اور ادھر کھٹاک سے پھل لگا اور پھر جو لگی آم کے پیڑ جیسی پھلوار، کبھی بور، کبھی آمیاں اور کبھی پت جھڑ۔

وہ ایک جھپاکے سے وہاں سے بھاگی۔۔۔ اور سہم کر وحید کی آغوش میں چھپ گئی۔ وہ اس کا طرف دار تھا۔ شادی کرتا ہے انسان شوہر کے لیے، ورنہ بچے تو ویسے بھی مل سکتے ہیں اور پھر یوں بھی جب چاہو، جب انسان ہی کیا کتے، بلی، بندر جس کے کے بچے کو چاہو دم کے ساتھ لگالو۔ دمہ بن جائے گا اور پھر یہی چند مہینوں کی بات ہوتی تو اور بات تھی۔ وہاں تو ساری عمر کے رٹے گھسے اور دھونیاں لو، اور اوپر سے پلے کی پیاؤں پیاؤں۔

اندھیرے میں اس نے آنکھیں پھاڑ پھاڑ کر راستہ ڈھونڈنا چاہا مگر چکرا کر

گر پڑی۔ وہ کانوں تک دھنکی ہوئی روئی کے ریشوں برابر انسانی کیڑوں کی دلدل میں دھنس گئی۔ دیکھتے دیکھتے اس کے جسم کی جاگیر پر لٹیرے ٹوٹ پڑے اور اس کے وجود کو دیمک کی طرح چاٹ لیا۔ دو چار جوؤں کی طرح بالوں میں قلابازیاں لگانے لگے۔ چند ایڑیاں دھمکاتے اس کی موتی جیسی آنکھوں کی جلد کو کھرچنے لگے۔ دو چار نے ہتھوڑیاں لے کر دانتوں کا کھلیان کر دیا اور دم بھر میں بھرا ہوا منہ کھنڈر بن گیا۔ بڑے بڑے آہنی اوزار چلا کر انہوں نے اس کی ریڑھ کی ہڈی کی ایک ایک گرہ جھنجھوڑ ڈالی اور وہ پچکی ہوئی مشک کی طرح نیچے بیٹھ گئی۔

اس کے ہاتھ بے ست ہو گئے جیسے بجھی ہوئی لکڑیاں۔ وہ لمبی ناگن جیسی چوٹی کوڑھ ماری چھپکلی بن گئی۔ وہ گداز بازو جن پر وحید شرارت سے نیل ڈال کر انہیں سنگ مرمر سے تشبیہ دیا کرتا تھا۔ وہ گدگدی کے خوف سے بے چین پاؤں جنہیں وہ ڈر کر شلوار کے پانچوں میں چھپالیا کرتی تھی۔ اس کی دولت جس کے دبدبہ سے وہ وحید کے دل و دماغ پر راج کرتی تھی۔ نیچے ڈھے گئی جیسے طوفان اور آندھی کے زور کے آگے کچا مکان۔

وحید! اس کا وحید تو تا۔ چلا چلا کر وہ اسے پکارنے لگی۔ جونکوں کا چوسا ہوا پھوگ، رنگھیائی ہوئی ہڈیاں اور سکڑی ہوئی کھال کی پوری طاقتیں لگا کر اس نے وحید کو پکارا۔ اس کا حلق پھٹا ہوا تھا مگر آواز نہ تھی۔ اس جمِ غفیر کے غل میں اس کی ہر چیخ فنا ہو گئی۔ وہ ابھی موجود تھے۔۔۔ اس کا جسم اور روح چھوڑ لینے کے بعد وہ ہاتھوں میں لمبی لمبی جھاڑویں اور ہونٹوں پر مسرت بھری کلکاریاں لیے صفایا کرنے پر تلے ہوئے تھے۔ چشمِ زدن میں اس کے جہیز کے جھلملاتے جوڑے جو اس نے دم

بولانے کے ڈر سے نہیں پہنے تھے۔ آنکھوں کو خیرہ کرنے والے زیور لمبے جھمکے اور بالے انگوٹھیاں اور چندن ہار، اس کے چینی کے سیٹ اور چاندی کے ظروف ان لمبی جھاڑوؤں کے لمبے سپاٹوں میں لپٹے دور بہتے چلے جارہے تھے۔۔۔ وحید۔۔۔ اس نے پھر پکارا اور پھر اپنے سے دور اس نے اسے بادِ مخالف سے لڑتا ہوا پایا۔۔۔ لنڈ منڈ تنہا درخت کی طرح وہ اداس اور جھکا ہوا تھا، اس کا چوڑے سینے والا جوان شوہر۔۔۔ وہ چیخ مار کر لپٹ گئی۔

"وحید۔۔۔ وحید۔"

"کیا ہے جمیلہ۔۔۔" وحید نے جواب دیا۔ مگر وہ اس کے سینے سے لگی چیختی رہی۔

"کیا خواب میں ڈر گئیں جمو؟" وحید نے اسے سمیٹ کر قریب کر لیا۔

اور صبح سے اسے کسی نے ہنستے نہ دیکھا۔ وہ خاموش اور ڈری ہوئی کسی نامعلوم حادثے کے انتظار میں لرزاں تھی۔ اس کا رنگ مٹیلا ہو گیا تھا۔۔۔ جیسے پڑے پڑے دیمک چاٹ رہی ہو۔ اس نے اپنا چالے کا بھاری پوتھ کا پاجامہ پہن ڈالا۔ جیسے وہ اسے چور اچکوں سے بچاڈالنا چاہتی ہو۔ مگر اس کی نگاہوں کی تھکی ہوئی اداسی اور مردنی نہ گئی۔ چلتے چلتے ایک دم زور زور سے پیر پٹخنے لگتی۔ گویا کوئی بھاری سی لوہے کی رکاوٹ جھاڑ پھینکنا چاہتی ہو۔

اسے وحید کے مذاق پر رونا آنے لگا۔۔۔ اور جب اس نے صرف اسے ہنسانے کے لیے قبر کی آغوش میں سوجانے کی دھمکی دی تو وہ بدمزاج چڑیلوں کی طرح اس کی جان کو آگئی۔ اس نے صاف صاف گالیاں اور ذلیل کوسنے دینا شروع کیا کہ واقعی

کبریٰ آپا پر عاشق ہے اور اسے کبریٰ آپا سے ایسی نفرت ہو گئی کہ حد نہیں۔ وہ مشتبہ نظروں سے ہر وقت انہیں ایک مختصر گھیرے میں لپیٹے تاکا کرتی۔ ان کے ہر فعل پر دل دھڑکاتی۔ وحید بھونچکا اسے دیکھا کرتا اور وہ ڈائنوں جیسے خوفناک جملے بکا کرتی۔ اس کا مزاج اور بگڑا، یہاں تک کہ رات کی نیند اور دن کا چین غائب ہو گیا۔ گھنٹوں کسی غیر انسانی طاقت سے سہمی ہوئی وہ خاموش آنسو بہایا کرتی۔

ایک بار اس نے اپنے سب جوڑے باری باری نکالے۔ وہ چست پھنسی ہوئی صدریاں، تنگ کمر کے کرتے، فیشن ایبل چمپر سب دیکھے اور ٹھنڈی سانسیں بھر کر رکھ دیے۔ کپڑوں کے صندوق کو قبر کے پٹ کی طرح بھیڑ کر وہ خاموش رویا کی۔ اسے اور بھی چپ لگ گئی۔

مگر پھر اس نے ایک جھٹکا مارا اور چھناچھن کرتی آہنی زنجیریں دور بکھر گئیں۔۔۔ قہقہہ مارتی، کھکھلاتی ہوئی جمیلہ موت سے کشتیاں لڑنے لگی۔ ملانی بی نے سر کوٹ لیا۔ بیگم صاحب چونڈانہ مونڈ دیں۔۔۔ ہا! بچاری کے صدیوں کے تجربے پر پانی پھر گیا۔۔۔ اور جمیلہ؟

دیکھتے ہی دیکھتے وہ ہلکی پھلکی تیتری کی طرح ہوا میں تحلیل ہو گئی۔

***

دو ہاتھ

"رام اوتار خاکروب کی ماں کو تو پیٹ بھرنے کے لئے دو ہاتھوں کی ضرورت تھی۔ دنیا خواہ کچھ بھی کہے۔"

رام اوتار لام پر سے واپس آ رہا تھا۔ بوڑھی مہترانی ابا میاں سے چٹھی پڑھوانے آئی تھی۔ رام اوتار کو چھٹی مل گئی۔ جنگ ختم ہو گئی تھی نا! اس لئے رام اوتار تین سال بعد واپس آ رہا تھا، بوڑھی مہترانی کی چیپڑ بھری آنکھوں میں آنسو ٹمٹما رہے تھے۔ مارے شکر گزاری کے وہ دوڑ دوڑ کر سب کے پاؤں چھو رہی تھی۔ جیسے ان پیروں کے مالکوں نے ہی اس کا اکلوتا پوت لام سے زندہ سلامت منگوا لیا۔

بڑھیا پچاس برس کی ہو گی پر ستر کی معلوم ہوتی تھی۔ دس بارہ کچے پکے بچے جنے ان میں بس رام اوتار بڑی منتوں مرادوں سے جیا تھا۔ ابھی اس کی شادی رچائے سال بھر بھی نہیں بیتا تھا کہ رام اوتار کی پکار آ گئی، مہترانی نے بہت واویلا مچایا مگر کچھ نہ چلی اور جب رام اوتار وردی پہن کر آخری بار اس کے پیر چھونے آیا تو اس کی شان و شوکت سے بے انتہا مرعوب ہوئی جیسے وہ کرنل ہی تو ہو گیا تھا۔

شاگرد پیشے میں نوکر مسکرا رہے تھے رام اوتار کے آنے کے بعد جو ڈرامہ ہونے کی امید تھی سب اسی پر آس لگائے بیٹھے تھے۔ حالانکہ رام اوتار لام پر توپ

بندوق چھوڑنے نہیں گیا تھا۔ پھر بھی سپاہیوں کا میلا اٹھاتے اٹھاتے اس میں کچھ سپاہیانہ آن بان اور اکڑ پیدا ہو گئی ہو گی۔ بھوری وردی ڈانٹ کر وہ پرانا رام اوتر وا واقعی نہ رہا ہو گا۔ ناممکن ہے وہ گوری کی کرتوت سنے اور اس کا جوان خون ہتک سے کھول نہ اٹھے۔

بیاہ کر آئی ہے تو کیا مسمیپ تھی گوری، جب تک رام اوتار رہا اس کا گھونگھٹ فٹ بھر لمبا رہا اور کسی نے اس کے رخ پر نور کا جلوہ نہ دیکھا جب خصم گیا تو کیا بلک بلک کر روئی تھی۔ جیسے اس کی مانگ کا سیندور ہمیشہ کے لئے اڑ رہا ہو۔ تھوڑے دن روئی روئی آنکھیں لئے سر جھکائے میلے کی ٹوکری ڈھوتی پھری پھر آہستہ آہستہ اس کے گھونگھٹ کی لمبائی کم ہونے لگی۔

کچھ لوگوں کا خیال ہے یہ سارا بسنت رت کا کیا دھرا ہے، کچھ صاف گو کہتے تھے۔ "گوری تھی ہی چھنال رام اوتار کے جاتے ہی قیامت ہو گئی" کمبخت ہر وقت ہی ہی، ہر وقت اٹھلانا، کمر پر میلے کی ٹوکری لے کر کانسے کے کڑے چھنکاتی جدھر سے نکل جاتی لوگ بدحواس ہو جاتے۔ دھوبی کے ہاتھ سے صابن کی بٹی پھسل کر حوض میں گر جاتی۔ باورچی کی نظر توے پر سلگتی ہوئی روٹی سے اچٹ جاتی۔ بہشتی کا ڈول کنوئیں میں ڈوبتا ہی چلا جاتا چپڑاسیوں تک کی بلا کلف لگی پگڑیاں ڈھیلی ہو کر گردن میں جھولنے لگتی، اور جب یہ سراپا قیامت گھونگھٹ میں سے بان پھینکتی گزر جاتی تو پورا شاگرد پیشہ ایک بے جان لاش کی طرح سکتہ میں رہ جاتا، پھر ایک دم چونک کر وہ ایک دوسرے کے درگت پر طعنہ زنی کرنے لگتے۔ دھوبن مارے غصے کے کلف کی کونڈی لوٹ دیتی۔ چپڑاسن چھاتی سے چمٹے لونڈے کے بے بات زخمو

کے جڑنے لگتی۔ اور باورچی کی تیسری بیوی پر ہسٹریا کا دورہ پڑ جاتا۔

نام کی گوری تھی۔ پر کمبخت سیاہ بہت تھی جیسے الٹے توے پر کسی پھاوڑیانے پر اٹھے مل کر چمکتا ہوا چھوڑ دیا ہو۔ چوڑی پھکنا سی ناک، پھیلا ہوا دہانہ، دانت مانجھنے کا اس کی سات پشت نے فیشن ہی چھوڑ دیا تھا۔ آنکھوں میں پوپیٹ کا جل تھوپنے کے بعد بھی دائیں آنکھ کا بھینگا پن اوجھل نہ ہو سکا، پھر بھی ٹیڑھی آنکھ سے نہ جانے کیسے زہر میں بجھے تیر پھنکتی تھی کہ نشانے پر بیٹھ ہی جاتے تھے۔ کمر بھی لچک دار نہ تھی۔ خاصی کٹھلا سی تھی، جھوٹن کھا کھا دنبہ ہو رہی تھی، چوڑے بھینس کے سے کھر۔ جدھر سے نکل جاتی کڑوے تیل کی سڑاند چھوڑ جاتی، ہاں آواز میں بلا کی کوک تھی۔ تیج تیوہار پر لہک کر کجریاں گاتی تو اس کی آواز سب سے اونچی لہراتی چلی جاتی۔

بڑھیا مہترانی یعنی اس کی ساس بیٹے کے جاتے ہی اس طرح بدگمان ہو گئی۔ بیٹھے بیٹھائے احتیاطاً گالیاں دیتی، اس پر نظر رکھنے کے لئے پیچھے پیچھے پھرتی۔ مگر بڑھاپا اب ٹوٹ چکی تھی، چالیس برس میلا ڈھونے سے اس کی کمر مستقل طور پر ایک طرف لچک کر وہیں ختم ہو گئی تھی، ہماری پرانی مہترانی تھی۔ ہم لوگوں کے آنول نال اسی نے گاڑے تھے۔ جونہی اماں کے درد لگتے مہترانی دہلیز پر آ کر بیٹھ جاتی اور بعض وقت لیڈی ڈاکٹر تک کو نہایت مفید ہدایتیں دیتی، بلائیات کو دفع کرنے کے لیے کچھ منتر تعویز بھی لا کر پٹی سے باندھ دیتی، مہترانی کی گھر میں خاصی بزرگانہ حیثیت تھی۔

اتنی لاڈلی مہترانی کی بہو یکایک لوگوں کی آنکھوں میں کانٹا بن گئی۔ چپراسن اور باورچن کی تو اور بات تھی۔ ہماری اچھی بھلی بھاوجوں کا ماتھا اسے اٹھلاتے دیکھ کر

ٹھنک جاتا، اگر وہ اس کمرے میں چھاڑو دینے جاتی جس میں اس کے میاں ہوتے تو وہ ہڑبڑا کر دودھ پیتے بچے کے منہ سے چھاتی چھین کر بھاگتیں کہ کہیں وہ ڈائن ان کے شوہروں پر ٹونا ٹوٹکانہ کر رہی ہو۔

گوری کیا تھی بس ایک مرکھنا لمبے لمبے سینگوں والا بجار ہا تھا کہ چھوٹا پھرتا تھا لوگ اپنے کانچ کے برتن بھانڈے دونوں ہاتھوں سے سمیٹ کر کلیجے سے لگاتے، اور جب حالات نے نازک صورت پکڑ لی تو شاگرد پیشے کی مہیلاؤں کا ایک باقاعدہ وفد اماں کے دربار میں حاضر ہوا، بڑے زور شور سے خطرہ اور اس کے خوفناک نتائج پر بحث ہوئی، پتی رکھشا کی ایک کمیٹی بنائی گئی جس میں سب بھاوجوں نے شد و مد سے ووٹ دیئے اور اماں کو صدر اعزازی کا عہدہ سونپا گیا، ساری خواتین حسب مراتب زمین، پیڑھیوں اور پلنگ کی ادوائن پر بیٹھیں، پان کے ٹکڑے تقسیم ہوئے اور بڑھیا کو بلایا گیا۔ نہایت اطمینان سے بچوں کے منہ میں دودھ دے کر سبھا میں خاموشی قائم کی گئی اور مقدمہ پیش ہوا۔

"کیوں ری چڑیل تو نے بہو قطامہ کو چھوٹ دے رکھی ہے کہ ہماری چھاتیوں پہ کودوں دلے، ارادہ کیا ہے تیرا کیا منہ کالا کرائے گی؟"

مہترانی تو بھری ہی بیٹھی تھی پھوٹ پڑی۔۔۔ "کیا کروں بیگم صاحب حرام خور کو چار چوٹ کی مار بھئی دیئی لے تو۔ روٹی بھی کھانے کو نہ دیئی۔ پر رانڈ میرے تو بس کی نہیں۔"

"ارے روٹی کی کیا کمی ہے اسے" باورچن نے اینٹا پھینکا۔ سہارن پور کی خاندانی باورچن اور پھر تیسری بیوی۔۔۔ کیا تیہا تھا کہ اللہ کی پناہ پھر چپڑاسن، ٹالن اور

دھوبن نے مقدمہ کو اور سنگین بنا دیا۔ بیچاری مہترانی بیٹھی سب کی لتاڑ سنتی اور اپنی خارش زدہ پنڈلیاں کھجلاتی رہی۔

"بیگم صاحب آپ جیسی بتاؤ ویسے کرنے سے موئے نا تھوری، پر کا کروں کا، رانڈ کا ٹینٹوا دبائے دیوں؟"

اماں نے رائے دی۔۔۔ "موئی کو میکے پھنکوا دے۔"

"اے بیگم صاحب کہیں ایسا ہو سکے ہے؟" مہترانی نے بتایا کہ بہو مفت ہاتھ نہیں آئی ہے، ساری عمری کی کمائی پورے دو سو جھونکے ہیں، تب مسٹنڈی ہاتھ آئی ہے، اتنے پیسوں میں تو گائیں آجاتیں، مزے سے بھر کلسی دودھ دیتی۔ پر یہ رانڈ تو دولتیاں ہی دیتی ہے، اگر اسے میکے بھیج دیا گیا تو اس کا باپ اسے فوراً دوسرے مہتر کے ہاتھ بیچ دے گا۔ بہو صرف بیٹے کے بستر کی زینت ہی تو نہیں، دو ہاتھوں والی ہے پر چار آدمیوں کا کام نپٹاتی ہے۔ رام اوتار کے جانے کے بعد بڑھیا سے اتنا کام کیا سنبھلتا، یہ بڑھاپا تو اب بہو کے دو ہاتھوں کے صدقے میں بیت رہا ہے۔"

مہیلائیں کوئی نا سمجھ نہ تھیں۔ معاملہ اخلاقیات سے ہٹ کر اقتصادیات پر آ گیا تھا۔ واقعی بہو کا وجود بڑھیا کے لئے لازمی تھا۔ دو سو روپے کا مال کس کا دل ہے کہ پھینک دے، ان دو سو کے علاوہ بیاہ پر جو بننے سے لے کر خرچ کیا تھا۔ ججمان کھلائے تھے۔ برادری کو راضی کیا تھا۔ یہ سارا خرچہ کہاں سے آئے گا۔ رام اوتار کو جو تنخواہ ملتی تھی وہ ساری ادھار میں ڈوب جاتی تھی۔ ایسی موٹی تازی بہو اب تو چار سو سے کم میں نہ ملے گی۔ پوری کوٹھی کی صفائی کے بعد اور آس پاس کی چار کوٹھیاں نمٹاتی ہے۔ رانڈ کام میں چوکس ہے ویسے۔

پھر بھی اماں نے الٹی میٹم دے دیا۔ کہ "اگر اس لچی کا جلد از جدم کوئی انتظام نہ کیا گیا تو کوٹھی کے احاطہ میں نہیں رہنے دیا جائے گا۔"

بڑھیا نے بہت واویلا مچائی، اور جاکر بہو کو منہ بھر گالیاں دیں، جھونٹے پکڑ کر مارا پیٹا بھی، بہو اس کی زر خرید تھی۔ پٹتی رہی بڑابڑاتی رہی اور دوسرے دن انتقاماً سارے عملے کی دھجیاں بکھیر دیں۔ باورچی، بہشتی، دھوبی اور چپراسیوں نے تو اپنی بیویوں کی مرمت کی۔ یہاں تک کہ بہو کے معاملہ پر میری مہذب بھابیوں اور شریف بھائیوں میں بھی کٹ پٹ ہوگئی، اور بھابیوں کے میکے تار جانے لگے۔ غرض بہو ہرے بھرے خاندان کے لئے سوئی کا کانٹا بن گئی۔

مگر دو چار دن کے بعد بوڑھی مہترانی کے دیور کا لڑکا رام رتی اپنی تائی سے ملنے آیا، اور پھر وہیں رہ پڑا۔ دو چار کوٹھیوں میں کام بڑھ گیا تھا سو وہ بھی اس نے سنبھال لیا۔ اپنے گاؤں میں آوارہ تو گھومتا تھا۔ اس کی بہو ابھی نابالغ تھی۔ اس لئے گونا نہیں ہوا تھا۔

رتی رام کے آتے ہی موسم ایک دم لوٹ پوٹ کر بالکل ہی بدل گیا جیسے و گھنگھور گھٹائیں ہوا کے جھونکوں کے ساتھ تتر بتر ہوگئیں۔ بہو کے قہقہے خاموش ہو گئے۔ کانسے کے کڑے گونگے ہوگئے، اور جیسے غبارے سے ہوا نکل جائے تو وہ چپ چاپ جھولنے لگا۔ ایسے بہو کا گھونگھٹ جھولتے جھولتے نیچے کی طرف بڑھنے لگا۔ اب وہ بجائے نتھے بیل کے نہایت شرمیلی بہو بن گئی۔ جملہ مہیلاؤں نے اطمینان کا سانس لیا۔ اسٹاف کے مرد اسے چھیڑتے بھی تو وہ چھوئی موئی کی طرح لجا جاتی، اور زیادہ تر وہ گھونگھٹ میں سے بھینگی آنکھ کو اور ترچھا کرکے رتی رام کی طرف دیکھتی

جو فوراً بازو کھجلاتا سامنے آ کر ڈٹ جاتا۔ بڑھیا پر سکون انداز میں دہلیز پر بیٹھی ادھ کھلی آنکھوں سے یہ طربیہ ڈرامہ دیکھتی اور گڑ گڑی پیا کرتی۔ چاروں طرف ٹھنڈا ٹھنڈا اسکون چھا گیا جیسے پھوڑے کا مواد نکل گیا ہو۔

مگر اب کے بہو کے خلاف ایک نیا محاذ قائم ہو گیا، وہ عملے کی مرد جاتی پر مشتمل تھا۔ بات بے بات باورچی جو اسے پراٹھے تل کر دیا کرتا تھا کونڈی صاف نہ کرنے پر گالیاں دیتا۔ دھوبی کو شکایت تھی کہ وہ کلف لگا کر کپڑے رسی پر ڈالتا ہے یہ حرام زادی خاک اڑانے آ جاتی ہے۔ چپراسی مردانے میں دس دس مرتبہ جھاڑو دلواتے پھر بھی وہاں کی غلاظت کا رونا روتے رہتے، بہشتی جو اس کے ہاتھ دھلانے کے لئے کئی مشکیں لئے تیار رہتا تھا اب گھنٹوں صحن میں چھڑکاؤ کرنے کو کہتی مگر ٹالتا رہتا۔ تا کہ وہ سوکھی زمین پر جھاڑو دے، تو چپراسی گرد اڑانے کے جرم میں اسے گالیاں دے سکے۔

مگر بہو سر جھکائے سب کی ڈانٹ پھٹکار ایک کان سے سنتی دوسرے کان سے اڑا دیتی۔ نہ جانے ساس سے کیا جا کر کہہ دیتی کہ وہ کائیں کائیں کر کے سب کا بھیجا چاٹنے لگتی۔ اب اس کی نظر میں بہو نہایت پارسا اور نیک ہو چکی تھی۔

پھر ایک دن داڑھی والے داروغہ جی جو تمام نوکروں کے سردار تھے اور ابا کے خاص مشیر سمجھے جاتے تھے۔ ابا کے حضور میں دست بستہ حاضر ہوئے، اور اس بھیانک بد معاشی اور غلاظت کا رونا رونے لگے۔ جو بہو اور رتی رام کے ناجائز تعلقات سے سارے شاگرد پیشے کو گندہ کر رہی تھی۔ ابا جی نے معاملہ سیشن سپرد کر دیا۔ یعنی اماں کو پکڑا دیا۔ مہیلاؤں کی سبھا پھر سے چھڑی اور بڑھیا کو بلا کر اس کے لتے لئے گئے۔

"اری نگوڑی خبر بھی ہے یہ تیری بہو قطامہ کیا گل کھلا رہی ہے؟"

مہترانی نے ایسے چندھرا کر دیکھا جیسے کچھ نہیں سمجھتی غریب۔ کہ کس کا ذکر ہو رہا ہے اور جب اسے صاف صاف بتایا گیا کہ چشم دیدہ گواہوں کا کہنا ہے کہ بہو اور رتی رام کے تعلقات نازیبا حد تک خراب ہو چکے ہیں، دونوں بہت ہی قابل اعتراض حالتوں میں پکڑے گئے ہیں تو اس پر بڑھیا بجائے اپنی بہتری چاہنے والوں کا شکریہ ادا کرنے کے، بہت چراغ پا ہوئی۔ بڑا واویلا مچانے لگی۔ کہ "رام اوتروا ہوتا تو ان لوگوں کی خبر لیتا جو اس کی معصوم بہو پر تہمت لگاتے ہیں۔ بہو نگوڑی تو اب چپ چاپ رام اوتار کی یاد میں آنسو بہایا کرتی ہے۔ کام کاج بھی جان توڑ کرتی ہے۔ کسی کو شکایت نہیں ہوتی۔ ٹھٹول بھی نہیں کرتی۔ لوگ اس کے ناحق دشمن ہو گئے ہیں۔ بہت سمجھایا مگر وہ ماتم کرنے لگی کہ ساری دنیا اس کی جان کی لاگوں ہو گئی ہے۔ آخر بڑھیا اور اس کی معصوم بہو نے لوگوں کا کیا بگاڑا ہے۔ وہ تو کسی کے لینے میں، نہ دینے میں، وہ تو سب کی راز دار ہے۔ آج تک اس نے کسی کا بھانڈا پھوڑا، اسے کیا ضرورت جو کسی کے پھٹے ک میں پیر اڑاتی پھرے۔ کوٹھیوں کے پچھواڑے کیا نہیں ہوتا۔ مہترانی سے کسی کا میلا نہیں چھپتا۔ ان بوڑھے ہاتھوں نے بڑے بڑے لوگوں کے گناہ دفن کئے ہیں۔ یہ دو ہاتھ چاہیں تو رانیوں کے تخت الٹ دیں۔ پر نہیں اسے کسی سے بغض نہیں۔ اگر اس کی گلے میں چھری دبائی گئی تو شاید غلطی ہو جائے۔ ویسے وہ کسی کے راز اپنے بوڑھے کلیجے سے باہر نہیں نکلنے دے گی۔"

اس کا تیہا دیکھ کر فوراً چھری دبانے والوں کے ہاتھ ڈھیلے پڑ گئے۔ ساری مہیلائیں اس کی پچ کرنے لگیں۔ بہو کچھ بھی کرتی تھی ان کے اپنے قلعے تو محفوظ تھے

تو پھر شکایت کیسی؟ پھر کچھ دن ہوئے بہو کے عشق کا چرچا کم ہونے لگا۔ لوگ کچھ بھولنے لگے، تاڑنے والوں نے تاڑ لیا کہ کچھ دال میں کالا ہے۔ بہو کا بھاری بھر کم جسم بھی دال کے کالے کو زیادہ دن نہ چھپا سکا، اور لوگ شد و مد سے بڑھیا کو سمجھانے لگے۔ مگر اس نئے موضوع پر بڑھیا بالکل اڑن گھائیاں بتانے لگی، بالکل ایسے بن جاتی جیسے ایک دم اونچا سننے لگی ہے۔ اب وہ زیادہ تر کھاٹ پر لیٹی بہو اور رتی رام پر حکم چلایا کرتی، کبھی کھانستی، چھینکتی باہر دھوپ میں آ بیٹھتی تو وہ دونوں اس کی ایسی دیکھ ریکھ کرتے جیسے وہ کوئی پٹ رانی ہو۔

بھلی بیویوں نے اسے سمجھایا۔ راتی رام کا منہ کالا کرو اور اس سے پہلے کہ رام اوتار لوٹ آئے۔ بہو کا علاج کروا ڈال۔ وہ خود اس فن میں ماہر تھی۔ دو دن میں صفائی ہو سکتی تھی۔ مگر بڑھیا نے کچھ سمجھ کر ہی نہ دیا۔ بالکل ادھر ادھر کی شکایتیں کرنے لگی کہ اس نے گھٹنوں میں پہلے سے زیادہ اینٹھن ہوتی ہے نیز کوٹھیوں میں لوگ بہت ہی زیادہ بادی چیزیں کھانے لگے ہیں۔ کسی نہ کسی کو ٹھی میں دست لگے ہی رہتے ہیں۔ اس کی ٹال مٹول پر ناصحین جل کر مرنڈا ہو گئے۔ مانا کہ بہو عورت ذات ہے، نادان ہے، بھولی۔ بڑی بڑی شریف زادیوں سے خطا ہو جاتی ہے، لیکن ان کی اعلی خاندان کی معزز ساسیں یوں کان میں تیل ڈال کر نہیں بیٹھ جاتیں، پر نہ جانے یہ بڑھیا کیوں سٹھیا گئی تھی۔ جس بلا کو وہ بڑی آسانی سے کوٹھی کے کوڑے کے تہہ میں دفن کر سکتی تھی اسے آنکھیں میچے پلنے دے رہی تھی۔

رام اوتار کے آنے کا انتظار تھا۔ ہر وقت کی دھمکیاں تو دیتی رہتی تھی۔

"آن دے رام اوتار کا، کہاں گی۔ توری ہڈی پسلی ایک کر دے۔" اور اب رام

اوتار لام سے زندہ واپس آرہا تھا۔ فضا نے سانس روک لی تھی۔ لوگ ایک مہیب ہنگامے کے منتظر تھے۔

مگر لوگوں کو فت ہوئی جب بہو نے لونڈا جنا۔ بجائے اسے زہر دینے کے بڑھیا کی مارے خوشی کے باچھیں کھل گئی۔ رام اوتار کے جانے کے دو سال بعد پوتا ہونے پر قطعی متعجب نہ تھی۔ گھر گھر پھٹے پرانے کپڑے اور بدھائی سمیٹتی پھری۔ اس کا بھلا چاہنے والوں نے اسے حساب لگا کر بہترا سمجھایا کہ یہ لونڈا رام اوتار کا ہو ہی نہیں سکتا، مگر بڑھیا نے قطعی سمجھ کر نہ دیا۔ اس کا کہنا تھا اوساڑھ میں رام اوتار لام پہ گیا۔ بڑھیا پیلی کوٹھی کے نئے انگریزی وضع کے مہینے میں سنڈاس میں گر پڑی تھی۔ اب چیت لگ رہا ہے، اور جیٹھ کے مہینے میں بڑھیا کو لو لگی تھی۔ مگر بال بال بچ گئی تھی۔ جبھی سے اس کے گھٹنوں کا درد بڑھ گیا۔۔۔ "وید جی پورے حرامی ہیں دوائیں کھریا ملا کر دیتے ہیں۔" اس کے بعد وہ بالکل اصل سوال سے ہٹ کر خیلاؤں کی طرح اول فول بکنے لگتی۔ کس کے دماغ میں اتنا بوتا تھا کہ وہ بات اس کائیاں بڑھیا کو سمجھاتا جسے نہ سمجھنے کا وہ فیصلہ کر چکی تھی۔

لونڈا پیدا ہوا تو اس نے رام اوتار کو چھٹی لکھوائی۔

"رام اوتار کو بعد چما، پیار کے معلوم ہو کہ یہاں سب کشل ہیں اور تمہاری کشلتا بھگوان سے نیک چاہتے ہیں اور تمہارے گھر میں پوت پیدا ہوا ہے سو تم اس خط کو تار سمجھو اور جلدی سے آجاؤ۔"

لوگ سمجھتے تھے کہ رام اوتار ضرور چراغ پا ہوگا مگر سب کی امیدوں پر اوس پڑ گئی جب رام اوتار کا مسرت لبریز خط آیا کہ وہ لونڈے کے لئے موزے اور بنیان لا

رہا تھا۔ بڑھیا پوتے کو گھٹنے پر لٹائے کھاٹ پر بیٹھی راج کیا کرتی، بھلا اس سے زیادہ حسین بڑھاپا کیا ہو گا، ساری کوٹھیوں کا کام ترت پھرت ہو رہا ہو، مہاجن کا سود پابندی سے چک رہا ہو اور گھٹنے پر پوتا سو رہا ہو۔

خیر لوگوں نے سوچا، رام اوتار آئے گا۔ اصلیت معلوم ہو گی۔ تب دیکھ لیا جائے گا اور رام اوتار جنگ جیت کر آ رہا تھا۔ آخر کو سپاہی ہے کیوں نہ خون کھولے گا۔ لوگوں کے دل دھڑک رہے تھے۔ شاگرد پیشے کی فضا جو بہو کی توتا چشمی کی وجہ سے سو گئی تھی۔ دو چار خون ہونے اور ناکیں کٹنے کی آس میں جاگ اٹھی۔

لونڈا سال بھر کا ہو گا۔ جب رام اوتار لوٹا شاگرد پیشے میں کھلبلی مچ گئی۔ باورچی نے ہانڈی میں ڈھیر سا پانی جھونک دیا تاکہ اطمینان سے پٹنے کا لطف اٹھائے۔ دھوبی نے کلف کا برتن اتار کر منڈیر پر رکھ دیا اور بہشتی نے ڈول کنوئیں کے پاس پٹک دیا۔

رام اوتار کو دیکھتے ہی بڑھیا اس کی کمر سے لپٹ کر چنگھاڑنے لگی مگر دوسرے لمحے کھیسیں کاڑھے لونڈے کو رام اوتار کی گود میں دے کر ایسے ہنسنے لگی جیسے کبھی روئی ہی نہ ہو۔

رام اوتار لونڈے کو دیکھ کر ایسے شرمانے لگا جیسے وہی اس کا باپ ہو، جھٹ پٹ اس نے صندوق کھول کر سامان نکالنا شروع کیا۔ لوگ سمجھے کھکری یا چاقو نکال رہا ہے مگر جب اس نے اس میں لال بنیائن اور پیلے موزے نکالے تو سارے عملے کی قوت مردانہ پر ضرب کاری لگی۔ ہت ترے کی، سالا سپاہی بنتا ہے، ہیجڑا زمانے بھر کا۔

اور بہو سمٹی سمٹائی جیسے نئی نویلی دلہن، کانسی کی تھالی میں پانی بھر کر رام اوتار کے بدبودار فوجی بوٹ اتارے اور چرن دھو کر پیئے۔ لوگوں نے رام اوتار کو

سمجھایا، پھبتیاں کسیں، اسے گاؤدی کہا مگر وہ گاؤدی کی طرح کھیسیں کاڑھے ہنستا رہا، جیسے اس کی سمجھ میں نہ آرہا ہو۔ رتی رام کو گونا ہونے والا تھا سو وہ چلا گیا۔

رام اوتار کی اس حرکت پر تعجب سے زیادہ لوگوں کو غصہ آیا۔ ہمارے ابا جو عام طور پر نوکروں کی باتوں میں دلچسپی نہیں لیا کرتے تھے وہ جزبز ہو گئے۔ اپنی ساری قانون دانی کا داؤ لگا کر رام اوتار کو قائل کرنے پر تل گئے۔

"کیوں بے تو تین سال بعد لوٹا ہے نا؟"

"معلوم نہیں حجور تھوڑا کم جیادہ۔۔۔ اتا ہی رہا ہوگا۔"

"اور تیرا لونڈا سال بھر کا ہے۔"

"اتا ہی لگے ہے سرکار پر بڑا ابدماس ہے سسر۔" رام اوتار شرمائے۔

"ابے تو حساب لگا لے۔"

"حساب؟ کیا لگاؤں سرکار۔" رام اوتار نے مر گھلی آواز میں کہا۔

"الو کے پٹھے یہ کیسے ہوا؟"

"اب جے میں کا جانوں سرکار۔۔۔ بھگوان کی دین ہے۔"

"بھگوان کی دین، تیرا سر۔۔۔ یہ لونڈا تیرا نہیں ہو سکتا۔"

ابا نے اسے چاروں اور سے گھیر کر قائل کرنا چاہا کہ لونڈا حرامی ہے، تو وہ کچھ قائل سا ہو گیا۔ پھر مری ہوئی آواز میں احمقوں کی طرح بولا، "تو اب کا کروں سرکار۔۔۔ حرام جادی کو میں نے بڑی مار دی۔" وہ غصے سے بپھر کر بولا۔

"ابے نرا الو کا پٹھا ہے تو۔۔۔ نکال باہر کیوں نہیں کرتا کمبخت کو۔"

"نہیں سرکار کہیں ایسا ہوئے سکے ہیں۔" رام اوتار گھگیانے لگا۔

"کیوں بے؟"

"جورڈھائی تین سو پھر سگائی کے لئے کاں سے لاؤں گا اور برادری جمانے میں سو دو سو الگ کھرچ ہو جائیں گے۔"

"کیوں بے تجھے برادری کیوں کھلانی پڑے گی؟ بہو کی بدمعاشی کا تاوان تجھے کیوں بھگتنا پڑے گا؟"

"جے میں نہ جانوں سرکار ہمارے میں ایسا ہووے ہے۔"

"مگر لونڈا تیرا نہیں رام اوتار۔۔۔ اس حرامی رتی رام کا ہے" ابا نے عاجز آکر سمجھایا۔

"تو کا ہوا سرکار۔۔۔ میرا بھائی ہوتا ہے رتی رام کوئی گیر نہیں اپنا کھون ہے۔"

"نرا الو کا پٹھا ہے۔" ابا بھنا اٹھے۔

"سرکار لونڈا بڑا ہو جاوے گا اپنا کام سمیٹے گا۔"

رام اوتار نے گڑ گڑ کر سمجھایا۔ وہ دو ہاتھ لگائے گا سو اپنا بڑھاپا تیرا ہو جائے گا۔ ندامت سے رام اوتار کا سر جھک گیا۔

اور نہ جانے کیوں ایک دم رام اوتار کے ساتھ ابا کا سر جھک گیا جیسے ان کے ذہن پر لاکھوں کروڑوں ہاتھ چھا گئے۔۔۔ یہ ہاتھ حرامی ہیں نہ حلالی، یہ تو بس جیتے جاگتے ہاتھ ہیں جو دنیا کے چہرے کی غلاظت دھو رہے ہیں اس کے بڑھاپے کا بوجھ اٹھا رہے ہیں۔ یہ ننھے منھے مٹی میں لتھڑے ہوئے سیاہ ہاتھ دھرتی کی مانگ میں سیندور سجا رہے ہیں۔

***

روشن

اصغری خانم دو باتوں میں اپنا جواب نہیں رکھتی تھیں۔ ایک تو دین ودھرم کے معاملے میں اور دوسرے شادیاں کروانے میں۔ ان کی بزرگی اور پارسائی میں تو کسی شبہ کی گنجائش ہی نہیں تھی۔ سب کو یقین تھا کہ انہوں نے اتنی عبادت کی ہے کہ جنت میں ان کے لیے ایک شاندار زمرد کا محل ریزرو ہو چکا ہے۔ حوریں اور فرشتے وہاں ان کی راہ دیکھ رہے ہیں کہ کب خدا کا حکم ہو اور وہ وضو کا بدھنا، جائے نماز اور تسبیح سنبھالے برقع پھڑ کائے جنت کی دہلیز پر ڈولی سے اتریں اور وہ انہیں دودھ اور شہد کی نہروں میں تیرا کر پستے اور بادام کے گھنے درختوں کی چھاؤں میں ٹہلاتے ہوئے زمرد کے محل میں بٹھادیں اور ان کی سیوا پر جٹ جائیں۔

اصغری خانم کا غصہ ہمیشہ ناک پر دھرا رہتا تھا۔ اگر ذرا بھی کسی جنتی بیوی نے چیں چپڑ کی تو وہ اس کی سات پشت کے مردے اکھاڑنے لگیں گی۔ اور وہ سر پر پاؤں رکھ کر بھاگے گی اور دوزخ کی آگ کی پناہ لے گی۔

دور دور خانم کی دھاک بیٹھی ہوئی تھی۔ انہیں ساری دنیا کا کچّا چٹّھا معلوم تھا۔ مجال تھی جو کوئی ان کے سامنے بڑھ چڑھ کر بولے۔ غازی پور سے لے کر لندن تک کی ہر بدکار عورت کا بھید جانتی تھیں۔

"اے ہے موئی بیاہی تیاہی ڈھڈو نے نگوڑے بادشاہ کو پھانس لیا" وہ مسز سمسن اور ایڈورڈ ہشتم کے عشق پر تبصرہ کرتیں، "منہ جلی کو لاج بھی تو نہ آئی۔ میرا بس چلتا تو تخصمی (جس نے تین خصم کئے ہوں) کا چونڈا جھلس دیتی۔

مگر مصیبت یہ تھی کہ ان کا بس نہیں چل سکتا تھا۔ لندن سات سمندر پار تھا۔ اور ان کو گھٹنوں میں آئے دن ٹیسیں اٹھتی رہتی تھیں۔ چونڈا جھلسنے کیسے جاتیں۔ اتنا دم ہوتا تو حج نہ کر آتیں۔

مگر شادیاں کرانے میں تو وہ ایسے ایسے معرکے مار چکی تھیں کہ دنیا میں کوئی ان کا مقابلہ نہیں کر سکتا تھا۔ قریب قریب ناممکن قسم کی شادیاں کرانے کا انہوں نے ریکارڈ قائم کر دیا تھا جسے وہ خود ہی آئے دن توڑا کرتی تھیں۔ بس اسی وجہ سے لوگ ان کی بڑی آؤ بھگت کیا کرتے تھے۔ کنواریاں کس گھر کا بوجھ نہیں ہوتیں۔ جس گھر میں چلی جاتیں، لوگ سر آنکھوں پر بٹھاتے، سر جھکا کر ان کی گالیاں سنتے، طعنے سنتے۔ انہوں نے ایسی ایسی ڈراؤنی شکل کی لڑکیوں کے نصیب کھولے تھے کہ لوگوں پر ان کی ہیبت بیٹھ گئی تھی۔ خاص طور پر یہ کنوارے لڑکے تو ان سے ایسے کانپتے تھے جیسے وہ موت کا فرشتہ ہوں۔ نہ جانے کس پر مہربان ہو جائیں اور اپنے بٹوے میں سے کوئی پچھل پائی نکال کر سر پر منڈھ دیں۔ جہاں کوئی شادی کے لائق نظر پڑ جاتی، وہ پنجے جھاڑ کر اس کے ماں باپ اور سارے محلے ٹولے والوں کے پیچھے لگ جاتیں اور شادی کے قابل لڑکے تھرا اٹھتے مگر وہ شادی کرا کے ہی دم لیتیں۔ کچھ ایسا پینترا چلتیں کہ الٹا لڑکا دہلیز پر ناک رگڑنے لگتا۔ لوگوں کا کہنا تھا ان کے قبضے میں جنات ہیں جو ان کا ہر حکم بجالاتے ہیں۔

مگر ایک جگہ ان کے سارے ہتھیار کند ثابت ہوئے۔ تمام تعویذ گنڈے چوپٹ ہو گئے۔ ان کی اپنی ممیری بہن توفیق جہاں کی بیٹی صبیحہ کو چوبیسواں سال لگ چکا تھا اور ابھی تک کوار کوٹلہ چنا ہوا تھا۔ اس سے چھوٹی عقیلہ منگی ہوئی تھی۔ عقیلہ کی پیٹھ کی میمونہ کالج میں پڑھتی تھی۔ سب سے چھوٹی منّو تھی۔

قبر کے بھی چار کونے ہوتے ہیں۔ توفیق جہاں کی قبر چنی کھڑی تھی۔ آج تک خاندان میں نہ کوئی باہر کی لڑکی آئی تھی نہ گئی تھی۔ کھرے سیدوں کے گھرانے کو داغ لگانے کی کسے ہمت تھی۔ لڑکوں کا تو دن بدن کال پڑتا جا رہا ہے۔ کسی کی تنخواہ ٹھیک ہے تو مڈی میں کھوٹ، کوئی کمبوہ ہے تو کوئی پٹھان۔ ایک بیچارے انجینئر کی شامت آئی، پیغام بھجوا دیا بعد میں پتہ چلا کہ ہے موئے انصاری ہیں۔ اصغری خانم نے ستیہ گرہ شروع کر دی، طوفان کھڑا کر دیا۔ ان کے جیتے جی بیٹی انصاریوں میں جائے، ایسی بھاری چھاتی کا بوجھ ہے تو کوٹیاں میں ڈال دو۔

یہ جب کی بات ہے جب صبیحہ کو میٹھا برس لگا تھا۔ اس کے بعد جب چھ برس چھ صدیوں کی طرح چھاتی پر سے دندناتے گزر گئے تو اصغری خانم کو اپنی پالیسی نرم کرنی پڑی اور یہ طے پایا کہ اچھے خاندان کا لڑکا ہو تو کوئی زیادہ بڑا اندھیر نہیں۔ یہ بات بھی نہیں تھی کہ صبیحہ کوئی بد صورت ہو کہ کانی کھتری اور جاہل مرار میاں کا لٹھ ہو، نہ سانولی سلونی۔ بوٹا سا قد، نازک نازک ہاتھ پیر، کمر سے نیچے جھولتی ہوئی چوٹی، سوئی سوئی آنکھیں جن میں قدرتی کاجل بھرا ہوا تھا، جی بھر کے دیکھ لو تو نشہ آ جائے۔ ہنس دیتی تو موتی سے رل جاتے۔ آواز ایسی میٹھی کہ نوحے پڑھتی تو سننے والوں کی ہچکی بندھ جاتی۔ اس پر سونے پر سہاگہ علی گڑھ سے پرائیویٹ میٹرک

پاس کر چکی تھی۔

مگر نصیب کی بات تھی، ہونی کو کون ٹال سکتا ہے۔ ورنہ کہاں صبیحہ اور کہاں روشن۔ بڑے بوڑھے کہتے ہیں عورت مرد کا جوڑا آسمانوں پر طے ہو جاتا ہے۔ اگر صبیحہ اور روشن کا جوڑ بھی آسمان پر طے ہوا تھا تو ضرور کچھ گھپلا ہو گیا۔ فرشتوں سے کچھ بھول چوک ہو گئی۔ یہ دھاندلی آسمانی طاقت نے جان بوجھ کر اصغری خانم کو ستانے کے لیے تو ہرگز نہ کی ہو گی۔

مگر الزام سارا اصغری خانم کے ماتھے تھوپ دیا گیا۔ لڑکا لڑکی صفا چھوٹ گئے اور وہ دھر لی گئیں۔ صمد میاں کو کسی نے کچھ نہ کہا کہ وہ بہن کی بانہہ پکڑ کے اسے عذاب دوزخ جھیلنے کو جھونک آئے۔ سارا گھر منہ پیٹ کے رہ گیا کسی کی ایک نہ چلی۔

ہائے اصغری خانم کہیں منہ دکھانے کی نہ رہیں۔ کیا آن بان شان تھی بیچاریوں کی۔ مجال تھی جو محلہ میں ان کے بغیر کوئی کاج ہو جائے۔ کسی کی بیٹا کا کن چھیدن ہوتا تو انھیں کو دبوج کر بیٹھنے کے لیے بلوایا جاتا۔ کسی کے بال بچہ ہوتا، وہی زچہ کا پیٹ تھام کر سہارا دیتیں۔ پھر توفیق جہاں تو ان کی سگی ممیری تھیں اور روشن کو شیشے میں اتارنا کوئی کھیل نہ تھا۔ اس لیے معاملہ انہی کو اپنے ہاتھوں میں لینا پڑا۔

صمد میاں چھ سال انگلستان رہ کر لوٹے تو بیٹے کی سلامتی کی خوشی میں توفیق جہاں نے میلاد شریف کروایا تھا۔ بریلی والے میاں خاص طور پر میلاد پڑھنے تشریف لائے تھے۔ سب عورتیں اندر والے گول کمرے میں بیٹھی ثواب لوٹ رہی تھیں۔ لڑکیاں بالیاں چک سے لگی کُھس پُھس کر رہی تھیں کہ اتنے میں صمد

میاں روشن کے ساتھ داخل ہوئے۔ وہ شاید میلاد شریف کے بارے میں بھول ہی چکے تھے۔ کوئی اور موقع ہوتا تو شاید لوٹ جاتے مگر میاں صاحب نے گھور کر دیکھا تو پکڑے گئے۔ مجبوراً دونوں ایک طرف بیٹھ گئے۔

"ہائے یہ کون ہے؟" لڑکیوں نے روشن کو دیکھ کر کلیجے تھام لیے۔ صمد میاں کے سارے دوستوں کو دیکھا تھا۔ کمبخت سب ہی تو چرخ مرگھلے اور گھونچو تھے۔ مگر روشن اپنے نام کی طرح روشن تھے کہ آنکھیں چکاچوند ہو گئیں، کلیجے منہ کو آ گئے۔ جیسے دیوار پھاڑ کر آفتاب سوا نیزے پر آ گیا۔ کیا تیز تیز جگمگاتی آنکھیں جو ہنستے میں یوں کھو جاتیں کہ جی گم ہو جاتا۔ دانت گویا موتی چن دیے ہوں۔ چوڑے چکلے شانے، لمبی لمبی بت تراشوں جیسی سڈول انگلیاں اور رنگت جیسے مکھن میں زعفران کے ساتھ چٹکی بھر شہابی رنگ ملا دیا ہو۔ پنچوں نے دیکھا کہ صبیحہ کے سلونے چہرے پر یکایک ہلدی بکھر گئی۔ گھنی گھنی پلکیں لرزیں اور جھپک گئیں۔ ہونٹ میٹھے میٹھے ہو گئے۔ لڑکیوں کو مکاری سے مسکراتا دیکھ کر بگڑ بیٹھی۔

صمد میاں اور روشن ننگے سر بیٹھے تھے۔ انہیں دیکھ کر ایک ڈاڑھی والے بزرگ غرّائے، "اے صاحبزادے اتنے بھی جنٹلمین نہ بنئے۔ میلاد شریف کے موقع پر ننگے سر بیٹھنے والوں کے سر پر شیطان دھولیں مارتا ہے۔"

روشن نے سہم کر صمد کی طرف دیکھا۔ انہوں نے جھٹ جیب سے رومال نکال کر چپاتی کی طرح سر پر منڈھ لیا۔ روشن نے بھی ان کی نقل کی۔ ہوا سے رومال اڑا تو بندر کی طرح سر پر ہتھیلی جما کر بیٹھ گئے۔ ایسی بھولی بھولی شکل لگی کہ لڑکیوں کی پارٹی میں گدگدی رینگ گئی۔ صبیحہ کے مکھڑے کی ہلدی میں ایک دم گلال گھل گیا

اور نارنجی رنگ پھوٹ نکلا۔

ڈاڑھی والے حضرت مونچھ ڈاڑھی صفاچٹ ولایت پلٹ لڑکوں کی گھات میں بیٹھے تھے اور اپنی قہر آلود نگاہیں دونوں پر گاڑر کھی تھیں مگر یہ دونوں بھی چوکنّے بیٹھے تھے اور بالکل بندروں کی طرح ان کی نقل میں آنکھیں بند کر کے جھوم جھوم کر سن رہے تھے اور سر دھن رہے تھے۔ بڑے میاں نے درود پڑھ کر انگلیوں کے پوروں کو چوما اور آنکھوں سے لگالیا۔ جھٹ صمد میاں نے ان کی نقل کی اور روشن کو کہنی ماری۔ انہوں نے بھی بوکھلا کر جلدی سے انگلیاں چوم لیں ایسے بھونڈے پن سے کہ لڑکیوں کے دل اچھلنے لگے۔ بڑے میاں کا جی خوش ہو گیا۔ وہ انہیں بڑے فخر سے بھیگی بھیگی آنکھوں سے دیکھنے لگے۔ سید کا بیٹا انگلستان کیا، امریکہ بھی چلا جائے، رہے گا کھرا سیّد مگر لڑکیوں کو خوب معلوم تھا کہ ان لوگوں کو خاک کچھ یاد نہیں۔ یونہی ملّاؤں کی طرح بدبد ہونٹ ہلا رہے ہیں۔ ان کی اس شرارت پر اتنی بری طرح ہنسی کا حملہ ہوا کہ اصغری خانم نے دور سے پنکھے کی ڈنڈی دکھا کر دھمکایا تب کہیں جا کر ہنسی نے دم توڑا۔

میلاد شریف کے خاتمے پر جب سلام پڑھا گیا تو سب کھڑ ہو گئے بڑے میاں نے محبت سے لڑکوں کی طرف دیکھ کر سلام پڑھنے میں شریک ہونے کا اشارہ کیا۔

"پڑھو میاں، خاموش کیوں ہو۔"

"جی! جی!"

خدا کے حضور میں جو دل سے نکلے، وہی اسے منظور ہوتا ہے۔" انہوں نے روشن کو ایسے گھورا کہ وہ سہم کر ساتھ دینے لگے۔

صمد میاں نے بھی ایک تان کچھ "اولڈ مین ردر" سے سروں میں لگائی مگر روشن نے سنبھال لیا۔ کیا بھاری بھر کم پر سوز آواز تھی کہ بڑے میاں پر تو رقت طاری ہو گئی۔ ولایت پلٹ لڑکوں سے بد ظن تمام بزرگ اپنے گریبانوں میں منہ ڈال کر رہ گئے۔

"ارے صاحب سچا مسلمان چاہے کافروں میں رہے چاہے مسجد میں، اس کے ایمان پر داغ نہیں پڑتا۔ ماشاء اللہ روشن میاں کے گلے میں عقیدے کا سوز بھرا ہوا ہے۔" بڑے میاں نے آستین کے کونے سے آنکھیں صاف کر کے فرمایا اور روشن کے چہرے پر نور کی چمک دمک دیکھ کر کھل اٹھے۔

صبیحہ کی کٹورہ جیسی آنکھیں چھل چھل برس اٹھیں۔ ٹکٹکی باندھے وہ انہیں تکتی رہ گئی۔ جب لڑکیوں نے قاعدے کے مطابق اسے چھیڑا تو وہ جھوٹوں کو بھی نہ بگڑی۔ زندگی میں پہلی بار ایسا معلوم ہوا جیسے کوئی پرانا جان پہچان کا مل گیا ہو۔

صمد میاں جب گھر میں آئے تو ہر ایک کا چہرہ روشن کے پرتو سے جگمگا رہا تھا۔ سوائے صبیحہ کے، جس نے چاروں طرف سے گھیر کر سوالوں کی بھرمار کر دی۔ کون ہیں۔ کیا کرتے ہیں۔

"اے کس کا لڑکا ہے؟" صغرا خانم نے لگامیں اپنے ہاتھ میں لے لیں۔

"اپنے باپ کا۔" صمد نے لاپرواہی سے ٹال دیا اور چائے باہر بھجوانے کے لیے کہا۔

"اے ہے لڑکے ہر وقت کا مذاق نہیں بھاتا۔ یہ بتا اس کے باپ کون ہیں؟"

"ہیں نہیں۔ تھے۔ فورسٹ آفیسر تھے۔ تین سال ہوئے ڈیتھ ہو گئی ان

کی۔"

"اناللہ وانّا الیہ راجعون! کیا کرتا ہے لڑکا؟" نانی جی نے پوچھا۔

"کون سا لڑکا؟" صمد نے جاتے جاتے پلٹ کر پوچھا۔

کون!" اے یہی تیرا دوست۔"

"روشن؟ ڈاکٹر ہے۔ ایم ڈی کی ڈگری لینے میرے ساتھ ہی گیا تھا، پھر وہیں انگلینڈ میں نوکری کرلی۔ کچھ کھانے کو بھجوا دیجیے مگر میرے کمرے میں بھجوائیے گا۔ باہر درجن بھر بڈھے بیٹھے ہیں، سب ہڑپ کر جائیں گے۔ یہ بڑھاپے میں لوگ اتنے ندیدے کیوں ہو جاتے ہیں؟"

صغرا خانم فوراً خم ٹھوک کر میدان میں پھاند پڑیں تیر تلوار سنبھالے اور ہلّہ بول دیا۔

"اے صمد میاں! جیسے تم ویسے تمہارا دوست۔ اس سے کیا پردہ؟ ادھر ہی گول کمرے میں بلالو۔" وہ آنکھوں میں رس گھول کر بولیں۔ ان دنوں سیّدوں میں بھی کانا پردہ شروع ہو گیا ہے۔ خاندان کے بڑے بوڑھوں کی آنکھ بچا کر لڑکیاں کھلے منہ نمائش میں جائیں، مشاعروں میں شریک ہوں سہیلیوں کے بھائیوں اور بھائیوں کے دوستوں سے بڑی بوڑھیوں کی رضامندی لے کر ملیں مگر سڑک پر جاتے وقت تانگہ میں پردہ باندھا جاتا ہے۔ بزرگوں کو دکھانے کے لیے۔ صمد روشن کو گول کمرے میں لے آئے۔ صبیحہ کے سوا سب وہیں چائے پینے لگے۔

صبیحہ کو صغرا خانم کمرے میں گھیرے چوکھے حملے کر رہی تھیں۔ ان کا بس چلتا تو جہیز کا کوئی بھاری زرتار جوڑا پہنا دیتیں۔ مگر صبیحہ حسب عادت بڑی بڑی آنکھوں

میں آنسو لیے رو رہی تھیں۔ گھر میں جب کوئی موٹا مرغا آتا اسے یونہی سجایا جاتا۔ بیچاری کے ہاتھ پیر ٹھنڈے ہو جاتے، منہ لٹک جاتا اور ناک پر پسینہ پھوٹ نکلتا اور شکل چھوٹی بلّی کی سی ہو جاتی۔ جب سے کئی پیغام آ کر پھر گئے تب سے اسے اور بھی دہشت ہونے لگی تھی۔ روشن جیسا ہینڈ سم اور کماؤ بر بھلا کیسے پھنسے گا۔ ذرا کوئی لڑکا کسی قابل ہوا تو خاندان والے ہی رشتہ کا حق وصول کرنے دوڑ پڑتے ہیں۔ پھر ملنے والوں کی باری آتی ہے۔ ہو سکتا ہے اس کی شادی بھی ہو چکی ہو۔ دو بچے ہوں!

مگر اصغری خانم کچّی گولیاں نہیں کھیلتی تھیں نہ انہوں نے دھوپ میں چونڈا سفید کیا تھا۔

"لونڈا خیر سے کنوارا ہے، بیاہے مرد کا ڈھنگ ہی اور ہوتا ہے۔" دوسرے انہوں نے پہلے ہی صمد سے پوچھ لیا تھا۔

"بیوی بچّے سنگ ہی ہیں؟"

"کس کے؟ روشن کے۔ ارے اس گدھے کے بیوی بچے کہاں، ابھی تو خود ہی بچہ ہے مجھ سے دو سال چھوٹا ہے۔" بس اصغری خانم نے چٹ حساب لگا لیا کہ صبیحہ سے چار سال بڑا ہوا۔ خوب جوڑی رہے گی۔ اس سے کم فرق ہو تو چار بچوں بعد بیوی میاں کی اماں لگنے لگتی ہے۔ ویسے مرنے والے تو اصغری خانم سے بیس برس بڑے تھے۔ ہائے کیا عشق تھا اپنی دلہن جان سے! مگر جب اصغری خانم سجا بنا کر صبیحہ کو گول کمرے میں لائیں تو روشن جا چکے تھے۔ اصغری خانم کا بس چلتا تو چیختی چلاتی ان کے پیچھے لپکتیں۔ مگر صمد میاں کی انہوں نے خوب ٹانگ لی۔

"جوان بہنیا کی پال کب تک ڈالو گے۔ کیا سفید چونڈے میں افشاں چنی جائے

گی۔ تم ہی کچھ نہ کرو گے تو کون کرے گا؟"

"کون میں؟" صمد خواہ مخواہ چڑ گئے، "مجھ سے خود تو اپنی شادی ہو نہیں رہی ہے، دوسروں کی کیا کروں گا؟"

"مذاق میں ہر بات کو ٹال دیتے ہو۔ آج اس کا باپ زندہ ہوتا تو۔۔۔" افسری خانم ٹسر ٹسر رونے لگیں، "آخر کیا ہو گا ان چار چٹانوں کا۔ توفیق نگوڑی کو ہول دل کے دورے نہ پڑیں تو اور کیا ہو۔"

"کون سی چٹانیں؟" صمد میاں انجینئر تھے۔ انہیں چٹانوں، پہاڑیوں سے بڑی دلچسپی تھی۔

"اے میاں اب بنو مت۔ اللہ رکھے اب تم اس قابل ہو اپنے دوستوں میں سے ڈھونڈھو کوئی۔"

"بھئی میں ان جھگڑوں میں نہیں پڑنا چاہتا۔" وہ ٹال کر چل دیے۔

مگر آندھی ٹلے طوفان ٹلے اصغری خانم کو کون ٹالے؟ آتے جاتے ٹانگ لیتیں۔ پھر انہیں ایک انوکھی ترکیب سوجھی۔ وہ فوراً کسی جان لیوا اور انجانے مرض میں مبتلا ہو گئیں۔ اور عین اس وقت جب روشن صمد میاں سے ملنے آئے، ان پر سخت بھیانک قسم کا دورہ پڑ گیا۔ اتنی زور زور سے آہیں بھریں کہ بیچارے بدحواس ہو گئے۔ جھٹ سے نوکر کو بھیج کر اپنی ڈسپنسری سے بیگ اور انجیکشن منگوائے۔ بڑی دیر تک دیکھتے بھالتے رہے۔ اصغری خانم آخری وقت میں بھلا صبیحہ کا ہاتھ کیونکہ چھوڑ دیتیں۔ وہ ان کے سرہانے سہمی بیٹھی رہی کہ کہیں چور پکڑ نہ لیا جائے۔ انہیں خاموش دیکھ کر وہ سمجھ گئی کہ اصغری بوا کی چال پکڑی گئی۔

"کیا بیماری ہے؟" اس نے ڈرتے ڈرتے پوچھا۔

"یہ پوچھیئے کون سی بیماری نہیں ہے۔ گردوں کی حالت خراب ہے، معدہ قطعی کام نہیں کرتا۔ دل بس ذرا سا دھڑک رہا ہے۔ آنتوں میں زخم ہیں۔ پھیپھڑوں کے نیچے پانی اتر آیا ہے۔" انہوں نے صمد کو ایک طرف لے جا کر کہا۔ صبیحہ نے سنا تو ہنسی نہ روک سکی۔ اصل مرض کی طرف تو انہوں نے آنکھ اٹھا کر بھی نہ دیکھا۔

"اماں ہٹاؤ بھی اتنی بیماریاں ہوتیں تو زندہ کیسے رہ سکتی تھیں اور زندہ بھی کیسی، سارے خاندان پر چابک پھٹکارتی ہیں۔" صمد بولے۔

"یہی تو میں سوچ رہا ہوں یہ زندہ کیسے ہیں۔ کچھ ایسی لیپا پوتی ہوتی رہتی ہے کہ کھنڈر کھڑا ہے۔ ڈاکٹری سے بڑھ کر کوئی طاقت کام کر رہی ہے۔"

اصغری بوا ٹھنکیں اور بدک اٹھیں، "اوئی نوج۔۔۔ دور پار۔ اے لو میرے دشمن کا ہے کو لب گور ہوتے۔ اے میاں تم ڈاکٹر ہو کہ نرے سلوتری۔ اے چولہے میں جائیں تمہاری دوائیں۔ موئی فرنگیوں کی دواؤں میں دنیا بھر کی قلتیں ہوتی ہیں۔ تھُو۔" وہ بڑبڑائیں۔

"بس اللہ پاک عزت آبرو سے اٹھالے۔ اے لڑکے ٹھیک سے بیٹھ۔ نگوڑیو کچھ شربت پانی لاؤ کہ گدھیوں کی طرح کھڑی منہ دیکھ رہی ہو۔ اے بچے کے بہنیں ہیں تیری۔" اچانک صغرا خانم نے پینترا بدلا۔

"ایں! جی دو۔ دو بڑی بہنیں۔ ایک بیوہ ہے۔" روشن نے سنبھل کر وار روکا۔

"چہ ہے ہے۔ اور دوسری کہاں بیاہی ہے؟"

"کانپور میں سول انجینئر ہیں ان کے۔۔۔"

"اے کانپور ہی میں تو اپنے تقی میاں کی خلیا ساس رہویں ہیں۔ کیا نام ہے اللہ رکھے بہنوئی کا۔"

"ایس این کچلو۔" صمد میاں بولے،

کیوں کیا کچھ بنوانے کا ارادہ ہے۔"

"ہاں اپنی قبر بنواؤں گی۔ اچھا تو تم لوگ کشمیری ہو۔" بیچاری کچھ بجھ گئیں۔

"یہ سیف الدین کچلو کے خاندان سے کچھ ہے میل۔"

"جی وہ میرے چاچا کے دوست تھے۔"

روشن کے جانے کے بعد تڑپ کر مریضہ اٹھ بیٹھیں۔

"بھئی سوچ لو کشمیری ہیں۔"

"ہاں اور اس سے پہلے جو پیغام آیا تھا وہ لوگ کمبوہ تھے۔ بس یہی دیکھتی رہو۔ ارے سب انسان برابر ہیں۔ پاک پروردگار نے سب کو اپنے ہاتھ سے بنایا ہے۔ مسلمانوں میں ذات پات چھوت چھات نہیں ہوتی۔" توفیق جہاں بگڑنے لگیں۔

"بھئی مجھے یہ صبیحہ کے نخرے پھوٹی آنکھ نہیں بھاتے۔ ادھر وہ آیا اور ادھر بنو منہ تھوتھا کر بھاگیں۔ جی چاہا لگاؤں چڑیل کے دو چانٹے۔"

مگر صبیحہ کیا کرتی۔ روشن کے آتے ہی وہ کمرے میں بھاگ جاتی۔ یوں سب کے سامنے گھور کر دیکھتی تو نہ جانے وہ کیا سوچتے۔ دروازے کی آڑ سے مزے سے جی بھر کے دیکھ سکتی تھی۔ اب تو علاج کے لیے وہ بلا ناغہ آنے لگے۔ اصغری خانم کچھ ایسی ترکیب چلتیں کہ صبیحہ کو پاس روک لیتیں۔ اور بے چارے روشن تو ایسے جھینپو تھے کہ صبیحہ بھی شیر ہو گئی۔ انہیں ایک نظر بھر کے اپنی کالی بھونرا آنکھوں سے

دیکھتی تو ان کے ہاتھ میں انجکشن کی سوئی کانپنے لگتی۔ وہ ہنس پڑتی تو گھبرا کر بچوں کی طرح ناخن کترنے لگتے۔ تب وہ اور بھی دیدہ دلیر ہو جاتی۔

"ڈاکٹر صاحب ہماری بلی کا جی اچھا نہیں۔"

"کیا ہو گیا؟"

"پتہ نہیں۔ بیچاری کھوئی کھوئی سی رہتی ہے۔"

"اوہو۔ معلوم ہوتا ہے بیچاری کا دل ٹوٹ گیا ہے۔"

"ارے واہ۔ کیوں؟"

"آپ روٹھ گئی ہوں گی۔" وہ دبی زبان سے کہتے۔

"اجی ہاں، میں کیوں روٹھتی؟" صبیحہ کالی کالی پلکیں جھپکاتی۔

"تو پھر ڈرتی ہو گی آپ سے۔"

"واہ کیا میں اتنی ڈراؤنی ہوں۔"

"ڈراؤنی چیزوں سے تو ڈرپوک ڈرتے ہیں!"

"اور بہادر؟"

"کالی کالی آنکھوں سے۔"

دونوں انگریزی میں نوک جھونک کیے جاتے تو اصغری خانم کو گھبراہٹ ہونے لگتی۔ بھلا گٹ پٹ کر کے بھی کہیں پیار کی باتیں ہوا کرتی ہیں۔ موئی کافروں کی زبان میں "لیفٹ رائٹ کوئک مارچ" کے سوا اور کیا ہوتا ہے؟ وہ ایک دم بیچ میں کود پڑتیں، "اے روشن! میرے چاند، ذرا میری بالوشاہیوں پر نیاز تو دے دے۔ تیرے خالو میاں کی برسی ہے۔" وہ فوراً ہوشیاری سے رشتہ لگاتیں۔

"کون میں؟" روشن بوکھلا گئے۔

"آپ بھی حد کرتی ہیں اصغری خالہ۔ ان سے فاتحہ پڑھوا کر اپنی عاقبت خراب کرنے کا ارادہ ہے۔ بھلا انہیں کیا خبر کہ فاتحہ کس چڑیا کا نام ہے۔ ایک آیت بھی نہ یاد ہوگی۔" صبیحہ اڑانے لگی۔

"اچھّا ملانی جی آپ بیچ میں نہ بولیں۔" روشن چڑ گئے۔

"ارے صاحب چھوڑیے۔ ہمیں معلوم ہے۔ آپ اور صمد بھیا میں کیا کچھ فرق ہے؟ وہ بھی تو صاحب بہادر بن گئے ہیں۔"

"خالہ جی آپ روشن سے فاتحہ پڑھوا رہی ہیں؟" صمد نے قہقہہ لگایا۔

"اے غارت ہو کل مونہو۔ لعنت ہو۔ موئے آج کل کے لونڈے ہیں کہ نگوڑے سب کے سب بے دین۔" صغرا خانم بالوشاہیوں کا تھال اٹھا کر دالان میں لے گئیں۔ مگر بیچاری کی فکر دور نہ ہوئی۔

"اے توفیق جہاں۔"

"ہاں کیا ہے؟" توفیق جہاں نے پنکھے سے مکھی کو دھمکا کر جواب دیا۔

"اے میں کہوں یہ آج کل کے لڑکوں کے نکاح کیسے پڑھے جاویں گے۔"

"کیوں؟"

"اے انہیں۔ آمنتو بھی تو نہیں آتی۔" آمنت باللہ ایک آیت ہوتی ہے جو نکاح کے وقت دولہا کو پڑھنی پڑتی ہے، جس میں وہ اقرار کرتا ہے کہ میں خدا اور اس کے فرشتوں اور اس کی بھیجی ہوئی کتابوں پر ایمان رکھتا ہوں۔ اس آیت کو پڑھے بغیر نکاح نہیں ہوسکتا۔" قاضی جی بولتے جاتے ہیں اور دولہا دہراتا جاتا ہے۔

بس بہن اب تو ایسے ہی نکاح ہو رہے ہیں۔" توفیق جہاں بولیں۔

"مگر اب اس نیاز کا کیا ہو؟" وہ فکر مند ہو گئیں۔

"کیسی نیاز؟"

"ارے بھئی میں نے تو جھوٹ موٹ کہہ دیا تھا کہ ان کی برسی ہے۔ یہ منّت کی نیاز ہے۔ لڑکا خود نیاز دے جب ہی پوری ہو گی۔"

"اے چلو ادھر۔ ایسی کوئی منت نہیں ہوتی۔" توفیق جہاں نے ٹالنا چاہا۔ "نہیں جی! تم تو کسی بات کو مانتی ہی نہیں ہو۔ خیر پھر سہی۔" اور وہ خود دوپٹہ سر پر منڈھ کر بدبد نیاز دینے لگی۔

دوسرے دن روشن آئے تو جھٹ پوچھا، "کیوں رے تو نے قرآن ختم کیا تھا؟"

"جی؟ نہیں تو، ایک بار انگریزی میں پڑھا تھا تھوڑا سا۔ تو۔۔۔" روشن ہکلائے۔

"ہے ہے۔۔۔ یہ موئی لکڑ توڑ زبان میں کیسا قرآن؟ لڑکے دیوانہ تو نہیں ہوا۔"

"تو صمد بھیا نے کون سا پڑھ لیا ہے۔ ساری عمر انگریزی اسکولوں میں رہے۔ کالج میں فرصت نہ ملی۔ اس کے بعد انگلینڈ چلے گئے۔"

مگر صبیحہ خود ہر رمضان کے مہینے میں پانچ قرآن ختم کرتی تھی۔ روزے نماز کی پابند تھی۔ حالانکہ صمد کہتے تھے۔ وہ نازک بدن بننے کے لیے فاقے کرتی تھی۔ توبہ توبہ!

سوت نہ کپاس کولہو سے لٹھم لٹھا! روشن کی آنکھوں سے دل کے راز کا پتہ بچے بچے کچل چکا تھا، مگر زبان نہ جانے کیوں گنگ تھی۔ کبھی بیٹھے بیٹھے ایک دم آنکھوں میں غم کا اتھاہ سمندر ٹھاٹھیں مارنے لگتا اور سر جھکا کر اٹھ کر چلے جاتے۔ صبیحہ کی طرف ایسی ترسی ہوئی نگاہوں سے دیکھتے جیسے وہ کسی دوسری دنیا میں کھڑی ہو، درمیان میں فولادی سلاخیں ہوں اور کالے دیو کا پہرا۔ صبیحہ کے مکھڑے پر غرور اور اطمینان کا نور پھوٹنے لگا تھا۔ جیسے منزل پر پہنچ کر آرام سے چھاؤں میں بیٹھ گئی ہو۔ ساری انجانی کسک اور تنہائی مٹ کر گھروندا جگر مگر کرنے لگا ہو۔

مگر دقت یہ تھی کہ لڑکے کا یہاں کوئی ہے نہیں، پھر پیغام کیسے منگوایا جائے۔ آج تو شادیاں ایسے ہی ہوتی ہیں کہ دو جنوں کا ایک دوسرے پر جی آگیا۔ دوستوں نے پیغام دیا۔ یاروں نے شادی کر دی۔ اصغری خانم کو ایسی ٹکڑہ توڑ شادیوں سے نفرت تھی مگر زمانے کے نئے رنگ ڈھنگ دیکھ کر نئی وضع کی شادیوں سے بھی انہوں نے روپیٹ کر سمجھوتہ کر لیا تھا۔ پہلے پہل جب نصرت اور خلیقہ نے ایسی چٹ پٹ شادی کی تھی تو انہوں نے بڑا شور مچایا تھا۔ مگر پھر انہیں اپنی پالیسی نرم کرنا پڑی۔

ادھر روشن بھوندو تھے۔ ادھر صبیحہ بھی ذرا چنٹ ہوتیں تو کبھی کا انہیں ڈکار چکی ہوتیں۔ کاش اسے کوئی چھوٹی پیاری سی بیماری لگ جاتی تو روشن اس کا علاج کرتے کرتے خود مرض مول لے بیٹھتے۔ اصغری خانم گھیر گھیر کے مرغی کو ڈربے میں پھانسنے کی کوشش کرتیں مگر اپنے منہ کی کھا کر رہ جاتیں۔

"اے لڑکی تیرے سر میں آدھے سر کا درد ہووے ہے۔ علاج کیوں نہیں کرا

لیتی ڈاکٹر سے؟" وہ صبیحہ کو رائے دیتیں۔

"اے واہ خالہ جی میرے سر میں کاہے کو ہوتا درد۔" وہ بگڑنے لگتی گدھی۔

"پہلے تو ہو وے تھا اب بھلی چنگی ہو گئی ہو تو مجھے نہیں خبر۔"

وہ صبیحہ کی صحت سے جل کر کہتیں۔ "دیکھ تو بیٹا روشن کیسی جھلس کر رہ گئی ہے بچی۔"

"ارے خالہ جی ان کی تو رنگت ہی سیاہ بھٹ ہے۔ کہیے تو کھال کھینچ کر دوسری چڑھا دوں پلاسٹک سرجری سے۔"

"جی ہاں بڑے آئے کھال کھینچنے والے۔ ہم کالے ہی بھلے۔"

"اوئی کالی کدھر ہے لونڈیا۔ ہاں گیہواں رنگت ہے۔" اصغری بوا پریشان ہو کر کہتیں۔

"جی ہاں ادھر کچھ دنوں سے امریکہ سے گیہوں بھی کالا ہی آ رہا ہے۔" روشن چھیڑتے۔

"ہاں بس ایک آپ ہی زمانے بھر میں گورے ہیں، ہونہہ پھیکے شلجم!" صبیحہ چڑ جاتی۔

"آپ تو نمک کی کان ہیں۔ چلیے کچھ تو مزہ آ جائے گا۔" وہ چپکے سے کہتے۔ صغرا خانم بدمزگی مٹانے کو جلدی سے بات بدلتیں، "اے کالی گوری رنگتیں سب اللہ کی دین ہیں۔ پرسوں کہہ رہی تھی سر بھاری ہے۔ ویسے تیرے بال بھی تو جھڑ رہے ہیں۔ بیٹا کوئی بال بڑھانے کی دوا بتاؤ۔"

"ارے خالہ جی بہت بال ہیں۔ ہاں کہیے تو دماغ کو بڑھانے کے دو چار انجکشن لگا

دوں۔"

"آہا ہا بڑے آئے سلوتری جی۔" اور روشن کا چہرہ ہنستے ہنستے صبیحہ کے گلابی آنچل کو مات کرنے لگتا۔

صغرا خانم اس کچر پچر سے اداس ہو کر بڑی زور زور سے کراہنے لگتیں۔ ایک دن انہوں نے صمد کو گھیر کر بات کر ہی ڈالی۔

"اے بھیا کوئی پیغام نہ ایغام۔"

"کیسا پیغام؟"

"اے روشن کا۔ اس سے کہو اپنی بہن بہنوئی سے پیغام بھجوائے۔"

"مگر خالہ جی روشن ۔۔۔"

"ہاں ہاں بیٹے مجھے سب معلوم ہے۔ مگر اب زمانہ بدل گیا ہے، ہزاروں شادیاں ہو رہی ہیں، کب تک لڑکی کی بٹھائے رکھیں گے۔ توفیق جہاں کا دل کوئی دن اور کام دے گا۔ پھر دونوں میں اللہ رکھے چاؤ بھی ہے۔"

"مگر ۔۔۔ خالہ جی"

"بیٹے! تم اللہ رکھے سات سمندر پار رہے، تمہیں کیا معلوم دنیا کتنی بدل گئی۔ سیّدوں کی بیٹیاں کن کن کو گئیں۔ سرفراز میاں کی لڑکی نے تو زہر کھا لیا۔ اب اللہ کی مرضی یہی ہے تو جہالت کی باتوں میں پڑنے سے کیا حاصل۔"

"مگر ۔۔۔ میں سوچوں گا۔" صمد میاں چکرائے سے جا کر باہر پڑ گئے۔ اس انقلاب کی انہیں امید نہ تھی۔ دنیا سے دور وہ کتنے جاہل رہ گئے جبکہ ان کے بزرگ تک اتنے روشن خیال ہو چکے تھے۔ ان کا دل غرور سے بھر گیا۔ شام کی گاڑی سے

انہیں سائنس کانفرنس میں شرکت کے لیے جانا تھا۔ اب وہاں سے لوٹ کر ہی سب کچھ ہو گا۔

ادھر اصغری خانم نے وقت ضائع کرنا مناسب نہ سمجھا۔ اگر کوئی اور موقع ہوتا تو آسمان سر پر اٹھا لیتیں۔ یہاں بیٹی بیاہنی تھی اس لیے توفیق جہاں کو کہہ سن کر پٹا لیا کہ صبیحہ بیکار وقت برباد کرنے کے بجائے اگر کچھ کام سیکھنے لگے تو کیسا رہے؟ طے ہوا کہ روشن میاں کی ڈسپنسری میں نرسنگ سیکھنے چلی جایا کریں۔ بلی کے بھاگوں چھینکا ٹوٹا اور صبیحہ نرسنگ سیکھنے جانے لگی، جس کا سبق صبح سے لے کر رات کے سینما کے آخری شو تک چلتا رہتا۔ اور صبیحہ چست چالاک نرس کے بجائے دن بدن اس جانے پہچانے مرض میں کھوتی گئیں جو جنم جنم سے مرد عورت کو سونپتا آیا۔ روشن کے سوئٹر بنے جانے لگے اور کمرے میں ان کی قمیص، ان کے موزے بکھر سے گئے۔ بس چودہ طبق روشن ہو گئے۔

جیسے ہی شکار گرتا ہے، شکاری جو مکر گانٹھے جھاڑیوں میں دبکا ہوتا ہے، ایک ہی جست لگا کر آدبوچتا ہے اور گلے پر چھری رکھ دیتا ہے۔ اصغری خانم نے بھی ساری بیماری دور پھینکی اور دہم سے اکھاڑے میں آن جمیں۔ جھپا جھپ جہیز سلنے لگا، بڑی دیغوں پر سے لحاف توشک کے انبار اتار کر قلعی ہونے لگی۔ ڈیوڑھی پر سنار بیٹھ گیا کہ سامنے نہ بنواؤ تو موا اپلے تھوپ دے گا۔ بی سیدانی محلے کی پوٹ سنبھال کر طوی چمپا اور گوکھرو توڑنے لگیں۔ گوکھرو کے ہر کنگورے پر لب بھر کے دعائیں دیتی جاتیں۔ گوئیاں سہاگ اور بنرے یاد کر کر کے کاپیوں میں اتارنے لگیں۔ گورے دولہا اور سانولی دلہن پر گیت جوڑے جانے لگے۔

"اے بھی باپ کا نام روشن تو بیٹے کا؟" صغرا خانم فکر مند ہو کر پوچھتیں۔

"جوشن" کوئی شوخ سہیلی چھیڑتی اور صبیحہ جل کر اس کی بوٹیاں نوچنے لگتی۔

"اے بھی انہیں اپنی کلورانی ہی پسند ہے، تم لوگ کاہے کو جلی مرتی ہو۔" صغرا خانم ڈانٹتیں اور صبیحہ آنکھوں میں خوابوں کے جمگھٹے لیے نرسنگ سیکھنے بھاگ جاتیں۔

مگر کسے خبر تھی قسمت یہ گل کھلائے گی۔ پل بھر میں چمکتا سورج الٹا توا بن جائے گا۔ وہی روشن جو کل تک چودھویں کے چاند کو شرما رہے تھے، لوٹ پوٹ کر کھڑے ہوئے تو کالا دیو! اور اس کالے دیو نے پلک جھپکاتے میں اونچے اونچے محلوں کو چکنا چور کر دیا۔ صغرا خانم کے سارے نئے پرانے مرض ایک دم ان پر ٹوٹ پڑے۔ جب صمد میاں کانفرنس سے جم جم لوٹے تو گھر میں جیسے کوئی میت ہو گئی ہو۔ سناٹا بھائیں بھائیں کر رہا تھا۔ صغرا خانم کا ایک کو سنا زمین تو ایک آسمان۔ زمرد کا محل ساتویں آسمان پر لرزا اور ایک دم پھس سے بیٹھ گیا۔ قلعی کی دیغوں پر پھر لحاف توشک لد گئے۔ دھنک کی پنڈیاں الجھ کر جھونجھ بن گئیں۔ سنار ڈیوڑھی سے دھتکار دیا گیا اور جس نے سنا منہ پیٹ لیا۔

"آخر ہوا کیا۔ کچھ معلوم تو ہو؟" صمد میاں نے پوچھا۔

"ارے اس چھتیسی سے پوچھو۔ جو چڑھ چڑھ کے دیدے لڑانے جاتی تھی۔" توفیق جہاں نے زانو پیٹ لیا، "حرافہ۔"

✻✻✻

بدن کی خوشبو

کمرے کی نیم تاریک فضا میں ایسا محسوس ہوا جیسے ایک موہوم سایہ آہستہ آہستہ دبے پاؤں چھمن میاں کی مسہری کی طرف بڑھ رہا ہے۔

سائے کا رخ چھمن میاں کی مسہری کی طرف تھا۔ پستول نہیں شاید حملہ آور کے ہاتھ میں خنجر تھا۔ چھمن میاں کا دل زور زور سے دھڑکنے لگا۔ انگوٹھے اکڑنے لگے۔ سایہ پیروں پر جھکا۔ مگر اس سے پہلے کہ دشمن ان پر بھرپور وار کرتا۔ انہوں نے پول جمپ قسم کی ایک زقند لگائی اور سیدھا ٹیٹوے پر ہاتھ ڈال دیا۔

"چیں" اس سایے نے ایک مری ہوئی آہ بھری اور چھمن میاں نے غنیم کو قالین پر دے مارا۔ چوڑیوں اور جھانجنوں کا ایک زبردست چھناکا ہوا۔ انہوں نے لپک کر بجلی جلائی۔ حملہ آور سٹ سے مسہری کے نیچے گھس گیا۔

"کون ہے بے تو"، چھمن میاں چلائے۔

"جی میں حلیمہ۔"

"حلیمہ؟ اوہ!" وہ ایک دم بھس سے قالین پر بیٹھ گئے۔

"یہاں کیا کر رہی ہے؟"

"جی کچھ نہیں۔"

"تجھے کس نے بھیجا ہے۔ خبر دار جھوٹ بولی تو زبان کھینچ لوں گا۔"

"نواب دلہن نے؟" حلیمہ کانپی۔

"اف پیاری اور ان کی جان کی دشمن!" ایک دم ان کا دماغ قلانچیں بھرنے لگا۔ کئی دن سے امی انہیں عجیب عجیب نظروں سے دیکھ کر نایاب بوبو سے کانا پھوسی کر رہی تھیں۔ نایاب بوبو ایک ڈائن ہے کمبخت۔ بھائی جان بھی گستاخ نظروں سے دیکھ دیکھ کر مسکرا رہے تھے۔ ان سب کی ملی بھگت معلوم ہوتی ہے۔

نوابوں کے خاندان میں کیا کچھ نہیں ہوا کرتا۔ چچا دادا نے کئی بار ابا حضور کو سنکیہا دلوانے کی کوشش کی۔ بدمعاش ان کی جان کو لگا دیے کہ جائیداد پر قبضہ کر کے سب ہضم کر جاتیں۔ رفاقت علی خان کو ان کے سگے ماموں نے زہر دلوا دیا، خود ان کی چہیتی لونڈی کے ہاتھوں، لعنت ہے۔ ایسی جائیداد پر۔

شاید پیاری امی اپنی ساری جائیداد بڑے صاحبزادے کو دینا چاہتی ہیں کہ اپنی بھتیجی بیاہ کر لائی ہیں نا، اس لیے اس کی جان کی دشمن ہو رہی ہیں۔

چمن میاں کو جائیداد سے کوئی دلچسپی نہ تھی۔ اسامیوں کی ٹھکائی کرنا۔ انہیں گھر سے بے گھر کر کے جیسے تیسے لگان وصول کرنا، ان کے ڈھور ڈنگر نیلام کروانا، انہیں وحشت ہوتی تھی ان حرکتوں سے۔

اف دنیا میں کسی کا بھروسہ نہیں۔ اپنی ماں اگر جان کی دشمن ہو جائے۔ ویسے ہی ہر وقت ٹوکتی رہتی ہیں۔ یہ نہ کرو، وہ نہ کرو، اتنا نہ پڑھو، اتنا نہ کھیلو، اتنا نہ جیو۔

"چاقو کہاں ہے؟" چھمن میاں نے کہنیوں کے بل جھک کر پوچھا۔

"چاقو۔"

"ہینڈس اپ"، چھمن میاں نے جاسوسی انداز میں کہا۔

"ایں" حلیمہ چکرائی۔

"الو کی پٹھی ہاتھ اوپر۔"

حلیمہ نے ہاتھ اوپر اٹھائے تو اوڑھنی پھسل گئی۔ جھینپ کر اس نے ہاتھ دبوچ لیے۔

"پھر وہی بدمعاشی۔ ہم کہتے ہیں ہاتھ اوپر۔"

"اوں کائیکو؟" وہ اٹھلائی۔

"کائیکو کی بچی۔ چاقو کہاں ہے!"

"کیسا چاقو؟" حلیمہ چڑ گئی۔

"تو پھر کیا تھا تیرے ہاتھ میں!"

"کچھ بھی نہیں، اللہ قسم کچھ بھی نہیں تھا۔"

"تو پھر۔۔۔ پھر کیوں ہے یہاں۔"

"نواب دلہن نے بھیجا ہے"، حلیمہ نے دبی زبان سے کہا اور آنکھیں جھکا کر اپنی نتھنی کا موتی گھمانے لگی۔

"کیوں؟" چھمن میاں سہم گئے۔

"آپ کے پیر دبانے کے لیے۔" وہ مسہری سے ٹک گئی۔

"لا حول و لا قوہ۔۔۔ چل بھاگ یہاں سے"، انہوں نے حلیمہ کی شریر آنکھوں سے گھبرا کر کہا۔

حلیمہ کا چہرہ لٹک گیا۔ ہونٹ کانپے اور وہ قالین پر گھٹنوں میں سر دے کر

پھوٹ پڑی۔

"اوہو، رو کیوں رہی ہے۔ بیوقوف گدھی کہیں کی۔"

مگر حلیمہ اور رونے لگی۔

"حلیمہ پلیز حلیمہ ۔۔۔ خدا کے لیے رومت اور جا ۔۔۔ ہمیں صبح کالج ذرا جلدی جانا ہے۔"

حلیمہ پھر بھی روئے گئی۔

دس برس ہوئے تب بھی حلیمہ اسی طرح روئے جا رہی تھی۔ اس کا باپ اوندھے منہ لیٹا تھا۔ اس کے منہ سے خون بہہ رہا تھا۔ مگر وہ خون بہت لال تھا۔ اس میں گلابی گلابی گوشت کے ٹکڑے سے ملے ہوئے تھے۔ جو بابا روز بلغم کے ذریعے اگلا کرتا تھا۔

اسے کلیجے سے لگائے جھوم جھوم کر بین کر رہی تھی۔ پھر سب نے ابو کو سفید کپڑوں میں لپیٹا اور ہسپتال لے گئے۔ لوگ ہسپتال جا کر پھر نہیں لوٹا کرتے۔

اور اس دن بھی وہ اسی طرح روئے جا رہی تھی جس دن اس کی اماں نے اسے نواب دلہن کی پٹی تلے ڈال کر اناج سے جھولی بھر لی تھی اور جاتے وقت پلٹ کر بھی نہ دیکھا تھا۔

غلام گردش کے احاطے میں حلیمہ جھوٹن کھا کر پلتی رہی۔ اسے نواب دلہن کے دالان تک رینگ کر آنے کی اجازت نہ تھی۔ گندگی اور غلاظت میں وہ مرغیوں اور کتے کے پلوں کے ساتھ کھیل کود کر بڑی ہوئی۔

بے حیا موئی حلیمہ جیتی گئی۔ نایاب بوبو کا دس بارہ برس کا لونڈا جبار کیا دھواں

دھواں موئی کو پیٹا کرتا تھا۔ کبھی چمٹے سے پیر داغ دیتا، کبھی آنکھوں میں نارنگی کا چھلکا نچوڑ دیتا کبھی خالہ کی نسوار کی چٹکی ناک میں چڑھا دیتا۔ حلیمہ گھنٹوں بیٹھی مینڈکی کی طرح چھینکتی رہتی۔ سارا گھر ہنس ہنس کر دیوانہ ہو جاتا۔

اب بھی ستانے سے باز نہیں آتا تھا۔ ڈیوڑھی پر کچھ دینے گئی۔ چٹکی بھرلی، نتھنی پکڑ کے ہلادی۔ کبھی چوٹی کھینچ لی۔ بڑی چلتی رقم تھا۔ نواب صاحب کا تخم تھانا۔ ان کا بڑا منہ چڑھا تھا۔

نایاب بوبو ایک باندی تھیں۔ کسی زمانے میں بڑی دھاردار، نواب صاحب یعنی چھمن میاں کے والد ان پر بری طرح لٹو ہو گئے۔ وقتاً فوقتاً نکاح کی دھمکیاں بھی دے دیا کرتے تھے مگر وہ ایک گھاگ تھیں۔

باندی کا نکاح ہو جائے۔ چاہے نہ ہو، کوئی فرق نہیں پڑتا۔ کوئی سرخاب کے پر نہیں لگ جاتے خاندانی نواب زادیاں مر جائیں گی۔ ساتھ نہ بٹھائیں گی۔ قاضی کے دو بولوں میں اتنا دم درود نہیں کہ چٹانوں میں سوراخ کر دیں یا دال روٹی کے سوال کو حل کر دیں۔

نایاب بوبو کے محل میں بڑے ٹھاٹ تھے۔ بجائے بیگم کی سوت بنے کے وہ نہایت جاںفشانی سے کوشش کر کے ان کی مشیر خاص گوئیاں بن گئیں اور نواب صاحب پر کچھ ایسا جادو کا ڈنڈا گھمایا تھا کہ انہوں نے ان کے بیٹے جبار کے نام معقول اراضی اور باغات کر دیے تھے۔ سارے نوکر اس سے لرزتے تھے۔ بوکسی کی قمیض اور ولائتی پتلون چڑھائے ڈٹا پھرتا تھا۔ نام کو ڈرائیور تھا، مگر رعب سب پر جماتا تھا۔ اندر بوبو اور باہر جبار جو نصیبوں کا مارا ان دو پاٹوں کے بیچ آ جاتا، ثابت بچ کر نہ جاتا۔

حلیمہ روئے چلی جا رہی تھی۔

چھمن نے ڈانٹا تو ریزہ ریزہ ہو گئی۔ تھک کر چمکارا تو بالکل ہی بہہ گئی۔ اس کے سر دہاتھ پکڑ کر فرش سے اٹھایا تو ڈٹ کر ان کے سینے سے لگ گئی۔

اللہ! جاڑوں کی ہوشربا راتیں، طوفان کی گھن گرج اور چھمن کے ناتجربہ کار ہاتھوں میں بکھری ہوئی حلیمہ!

یار لوگوں نے لونڈیوں کو ٹھکانے لگانے کے کتنے گر بتائے تھے، مگر حماقت کہیے یا پھوٹے نصیب، چھمن نے ہمیشہ لغوبات کہہ کر سنی ان سنی کر دی۔ اپنی کورس کی کتابوں اور کرکٹ کے علاوہ ان کی کسی بھی شے سے گہری شناسائی نہ تھی۔ کڑکڑاتے جاڑوں میں روے کی ڈلی حلیمہ نے انھیں جھلس کر رکھ دیا۔ ہاتھ جیسے سریش کی تھالی میں چپک گئے۔

پھر نہ جانے دماغ کے کس کونے میں نشتر سا لگا، اچھل کر دور جا کھڑے ہوئے۔ غصہ سے تھر تھر کانپنے لگے۔

باہر طوفان رکنے کا نام نہیں لے رہا تھا اور حلیمہ کی سسکیاں تلاطم برپا کیے دے رہی تھیں۔

"حلیمہ مت رو، پلیز! وہ تنگ آ کر اس کے سامنے اکڑوں بیٹھ گئے۔ جی چاہا اس کے سینے پر سر رکھ کر خود بھی دہاڑیں مار مار کر روئیں، مگر ڈر تھا کہ پھر سر وہاں سے اٹھنے کا نام نہ لے گا۔ اپنے کرتے کے دامن سے اس کے آنسو پونچھے۔ اسے اٹھایا اور اس سے پہلے کہ وہ کچھ سمجھ پاتی، باہر دھکیل کر اندر سے کنڈی چڑھالی۔

نیند تو حلیمہ کے آنسو بہا لے گئی تھی۔ صبح تک چھمن میاں لحاف میں پڑے

کانپتے رہے۔ اور زہر میں بجھے آنسو بہاتے رہے۔

باہر جھنجھلائی ہوئی ہوا بگڑ کر پیڑوں سے لڑتی رہی۔ کراہتی رہی۔

نایاب بوبو نے سلام پھیرا اور دعا کے لیے ہاتھ اٹھائے جائے نماز کا کونہ پلٹ کر وہ اٹھیں اور ہولے ہولے سے دروازہ کھول کر جبار کے کمرے میں جھانکا۔ بیٹے کے وجیہہ جسم کو دیکھ کر مامتا سے ان کی آنکھیں بھر آئیں۔

دبے پاؤں وہ اندر آئیں۔ چھمن میاں کے والد نواب فرحت اور جبار کے باپ کی نئی باندی گل تار چوری چھپے روز جبار کے پاس آتی، نشانیاں چھوڑ جاتی تھی۔ آج بھی لحاف میں سے دوپٹہ لٹک رہا تھا۔ انہوں نے دوپٹہ کھینچا۔ یہ مراد کسی دن ناک چوٹی کٹوائے گی۔ اللہ جبار کو نظر بد سے بچائے۔ ہو بہو باپ کا نقشہ پایا ہے۔

اچانک نایاب بوبو فکر مند ہو گئیں۔ باپ کی لونڈی ماں برابر ہوئی کہ نہیں؟ فتوی لے لیا جائے عالم صاحب سے، تو جی کا ہول کم ہو۔ یہ کیا کہ دنیا تو گئی، عقبیٰ میں بھی انگارے ہی انگارے۔ نگوڑی گل بہار کا بھی کیا قصور، کہاں وہ بواسیر کے مارے کھوسٹ نواب فرحت اور کہاں یہ کڑیل جوان۔ رات کیا چھکی پھکی روتی تھی۔ کواڑ بھیڑنے کا بھی ہوش نہیں اس لڑکے کو۔ بوبو کی نیند کچی نہ ہو تو نہ جانے کسی کی نظر ہی پڑ جائے۔ اللہ پاک سب کا رکھوالا ہے۔

نایاب بوبو نے جبار کے لیے باقاعدہ باندیاں خریدیں، ایک جاپے میں جاتی رہی، دوسری مہتر کے لونڈے کے ساتھ نکل گئی۔ اس حرافہ نے جی کا چین اڑا دیا تھا۔ شریف گھرانوں کی باندیاں ایسی اچھال چھکا نہیں ہوتیں۔

کئی بار چاہا کہ بیگم سے حلیمہ مانگ لیں۔ مگر ہمت نہ پڑی۔

"نہیں، حلیمہ تو میرے چھمن کے لیے ہے"، بیگم کو ضد ہے۔ آج ان کی ضد پوری ہو گی ویسے جبار کو مسمی لونڈیاں پسند بھی نہیں۔ باپ کی طرح تتیا مرچ چاہیے۔

بڑبڑاتی ہوئی نایاب بوبو باندیوں کے کوٹھے میں پہنچیں تو ان کا کلیجہ دھک سے رہ گیا۔

حلیمہ سروری کی رضائی میں دبکی پڑی تھی۔ سلیپر کی نوک سے انہوں نے حلیمہ کے چھانجن میں ٹھوکر ماری اور رضائی کا کونہ پکڑ کر کھینچ لیا۔

حلیمہ گھبرا کر جاگ پڑی اور غافل سوئی ہوئی سروری کے نیچے سے اپنا دوپٹہ کھینچنے لگی۔

بوبو کی چیل جیسی آنکھیں حلیمہ کے جسم پر ٹانکنے بھرنے لگیں۔ حلیمہ چوروں کی طرح سر جھکائے میلی توشک میں لگے ٹانکے گننے لگی۔

"ہوں!" بوبو نے کمر پر ہاتھ رکھ کر پوچھا، "میں نے کیا کہا تھا تجھ سے۔"

"جی بوبو۔"

"تو؟"

حلیمہ چپ رہی۔

"اری نیک بخت منہ سے تو کچھ پھوٹ کیا بولے؟"

"ان کے پیروں میں درد نہیں تھا"، حلیمہ کا سر جھک گیا۔

"ہوں"، بوبو تسبیح گھماتی ہوئی مڑ گئیں۔ دل میں آپ ہی آپ کلیاں کھلنے لگیں۔ خیر سے بس اب تو نواب فرحت کا نام چلانے والا جبار رہ گیا۔ خدا کی شان ہے بڑے صاحبزادے کا بھی کوئی قصور نہ تھا۔ نگوڑی صنوبر اتنی عمر ہی لے کر آئی تھی۔

مشکل سے چودھواں سال لگا ہو گا۔ کہ صاحبزادے کو پیش کر دی گئی۔ کیا پھول سی بچی تھی، ہمیشہ کی دھان پان۔ ماں باپ کا پیار ملتا ایک نہ ایک دن بابل کا گھر چھوڑ کر شہنائیوں کے سریلے کانوں میں بسائے سسرال سدھار جاتی۔ جہاں دو دل ملتے، ایک گھر بنتا۔ ایک دنیا بستی۔

صنوبر کو بچپن سے ہی دلہن بننے کا ارمان تھا۔ جب دیکھو باندیاں جمع ہیں۔ بڑی سجل سی بچی تھی۔ چھوٹی ہڈی، کھنچا ہوا بدن، چھوٹے ہاتھ پیر منے منے چھدرے دانت۔ دیوی جیسی روشن انکھڑیاں۔ کتنا کتنا جبار کے لیے چاہا۔ بیگم اڑ گئیں، ان کے مائکے کی باندی ہے۔ ماموں جان سے بیٹے کے لیے مانگ کے لائی ہیں۔

یہ کون کہتا ہے۔ صنوبر دلہن نہیں بنی۔ بوبو پشتینی باندی تھیں۔ انہیں خوب احساس تھا کہ ہر عورت دلہن بننا چاہتی ہے۔ باندی ہے تو کیا عورت نہیں، اس کے سینے میں بھی دل ہے ارمان ہیں۔ سر شام ہی سے انہوں نے صنوبر کو نہلا دھلا کر صاف ستھرا پیازی جوڑا پہنایا، اپنے ہاتھوں سے مہندی توڑ کر پسوائی، خوب رچی تھی، بدنصیب کے ہاتھوں پیروں میں، خوشبودار تیل ڈال کر چوٹی گوندی جس میں ٹول کا موباف ڈالا۔ سہیلیاں کانوں میں الٹی سیدھی کھسر پھسر کر کے اسے ستاتی رہیں۔ جب پیروں سے اٹھا کر چھمن میاں کے بڑے بھائی حشمت میاں نے اسے کلیجے سے لگایا تو نگوڑی نے ننھا سا گھونگٹ نکال لیا تھا۔

چودہ برس کی صنوبر جس نے حشمت میاں کا منہ دیکھ کر جانو ملک الموت کا ہی منہ دیکھ لیا سال کے اندر گابھن ہو گئی۔ پھیکی کسیلی مرگھلی سی بچی سارا دن منہ اوندھے پڑی ابکائیاں لیا کرتی۔ اللہ لوگوں کے کیسے کیسے ناز نخرے ہوتے ہیں۔ میکے

سسرال والے صدقے واری جاتے ہیں۔ جب اچھی بھلی تھی۔ نواب زادے سے ہاتھ جڑوالیتی تھی تب ذرا مسکراتی تھی۔ ایک ایک پیار کے لیے ناک رگڑواتی تھی۔ جب جی سے اتری تو میاں گھن کھانے لگے، محل کا دستور تھا جب گائیں بھینسیں گابھن ہو جاتی تھیں انہیں گاؤں بھیج دیا جاتا تھا۔ دو دھاری ہوئی کہ واپس بلا لی گئیں۔ لونڈیاں باندیاں بھی جب بے کار ہو جاتی تھیں تو گاؤں میں ڈلوا دی جاتی تھیں بچہ جن کے وہیں ملنے کو دے آتی تھیں تاکہ محل والوں کو کاؤں کاؤں سے وحشت نہ ہو۔

بڑا فیل مچاتی تھیں نامرادیں، بھینس کی طرح بچھڑے کی یاد میں اراتیں، دودھ بھر کے بخار چڑھتے، تب انہیں کسی بیگم کا بچہ ہلگا دیا جاتا۔ دودھ پلا کے عیش اڑانے کو ملتے اپنا بچہ بھوکا اسی سے مانوس ہو جاتیں، مگر نواب زادیاں گائے بکریوں کی طرح تھوڑے ان کے لیے بچے جننے بیٹھیں گی۔ زیادہ تر رو پیٹ کر خشک ہو جاتیں اور پھر کام سے لادی جاتیں۔۔۔ مگر صنوبر اڑ گئی کہ گاؤں نہیں جاؤں گی۔ نایاب بوبو نے بہتیرا سمجھایا پر بیگم کے قدم سے لپٹ گئی۔ بوبو دنیا دیکھے ہوئے تھیں۔ لونڈیوں سے انھیں نفرت بھی تھی کہ اپنے وجود سے ہی نفرت تھی۔ مگر ان سے ہمدردی بھی تھی۔

مگر صنوبر کی گھڑی آگئی تھی، نہ مانی اور حشمت میاں کا منہ کڑوا کرتی رہی، کوئی دوسری سمجھاتی تو اس کا منہ نوچ ڈالتی۔

ایک دن نجانے کس بات پر زبان چلانے لگی۔ صاحبزادے کو تاؤ آگیا۔ ایک لات جو کس کے رسید کی تو گری جا کے موری میں۔ بے ڈھب پڑ گئی لات۔ تین دن

بھینس کی طرح اراتی رہی۔ کوئی ڈاکٹر بلاتے تو فتنہ کھڑا ہو جاتا۔ پیٹ میں بچہ مر گیا تھا۔ لوگ ویسے ہی دشمن ہیں۔ خیر سے تیسرے دن صنوبر نے غلام گردش کی سب سے تاریک کوٹھڑی میں دم توڑ دیا۔

صنوبر تھی پورم پور جادوگرنی، نجانے کیا کر گئی کہ چار سال حشمت میاں کی شادی کو ہو گئے۔ مگر اولاد کا منہ دیکھنا نصیب نہ ہوا۔ کیسے کیسے علاج ہوئے تھے۔ تعویذ گنڈے ہوئے، مزاروں پر منتیں چڑھائیں، مندروں میں دیے جلائے۔ دلہن بیگم کا پیر بھاری نہ ہونا تھا نہ ہوا۔ سچ کہ جھوٹ دشمن بیری کہتے ہیں۔ صاحبزادے نے بھری کوکھ لات ماردی تھی۔ اس کارن نامراد ہو گئے۔ جب ہی تو بیگم دلہن کو ہسٹریا کے دورے پڑتے ہیں۔ اور دوڑ دوڑ کے میکے جاتی ہیں۔ وہاں ان کے خلیرے بھائی سنا ہے بڑے عمدہ ڈاکٹر ہیں۔ وہی ان کا علاج کر رہے ہیں اور سنا ہے کچھ اور کھٹ پٹ بھی ہے دونوں میں۔

نایاب بوبو نے ٹھنڈی سانس بھری، بیگم نواب کا منہ ہاتھ دھلانے کے لیے گرم پانی سمویا اور ان کی خواب گاہ کی طرف چل دیں۔

بیگم نواب کو پہلے تو نایاب کے وجود سے کوفت ہوئی تھی، مگر جب وہ قدموں میں بچھ گئی اور یقین دلایا کہ نواب دولہا کی باندی نواب دلہن کی باندی ہے۔ وہ کوئی رنڈی خانگی نہیں۔ نہ ٹکوں سے خریدی لونڈی ہیں۔ نجانے پشت ہا پشت سے کتنے نوابوں کا خون ان کی رگوں میں موجزن ہے۔ ناچار بیگم کو ماننا پڑا۔ ویسے اب کچھ اندھیرا بھی نہ تھا۔ خاندان کے سب مرد ادھر ادھر منہ مار لیتے ہیں۔ تاہم نایاب بوبو نے بھی کبھی حد سے آگے پیر نہ نکالے۔ نواب کے میٹھے بول اس کان سنتی اس

کان اڑا دیتی، جب نواب منور مرزا کے چکر میں پھنسے تو انہوں نے باقاعدہ بیگم کے ساتھ مل کر مورچہ سنبھالا۔ بیگم کی بے دخلی پر خوش ہونے کی بجائے آٹھ آٹھ آنسو روئیں۔ ان کا اور بیگم کا نواب سے اٹوٹ ناطہ تھا، مگر یہ ٹکھیائی کون ہوتی ہے۔ جاگیر کے کوڑے کرنے والی۔ وہ تو چلتی ہوا کا جھونکا تھا۔ آج اس رخ، کل اس رخ۔

انہوں نے بیگم کے ساتھ مل کر محاذ پر بہت حکمت عملی سے کام لیا۔ اور سردار خان کو راکھی باندھ کر بیگم نواب کا بھائی بنا دیا۔ طرحدار خان منور کو ساتھ لے کر پیرس چلا گیا۔ اور جب منور غارت ہوئی۔ تو نایاب نے اپنے ہاتھوں سے سیج سجائی بیگم کو از سرنو دلہن بنایا۔ انہوں نے بیگم کو پھولوں کے گہنے کے ساتھ دو موتی بھی کان میں ڈال دیے کہ نواب فرحت کو کیسے خوش کرنا ہے۔ اور غلام گردش کی اندھیری کوٹھڑی میں جبار کو کلیجے سے لگائے ساری رات آنکھوں میں کاٹ دی۔

وہ دن اور آج کا دن، نایاب بوبو نے بیگم نواب کی خدمت نہ چھوڑی۔

بوبو کو منہ لٹکائے دیکھ کر بیگم نواب کا ماتھا بھی ٹھنکا۔

"خیریت تو ہے؟"

رک رک کر بوبو نے تمام تفصیل بتائی۔ بیگم کے پیروں تلے سے زمین کھسک گئی۔ فوراً جبار کو موٹر دے کر بھیجا کے حکیم کو لادے۔ حکیم صاحب بولے، "پریشان ہونے کی کوئی وجہ نہیں۔ دلہن بیگم، بچہ ناتجربہ کار ہے۔ کمسن ہے، پھر بھی احتیاطاً کچھ مقویات مع تفصیل کے غلام، صاحبزادے کی خدمت میں بھجوادے گا۔ اس کے علاوہ سرکار ہو سکتا ہے کہ کسی وجہ سے کراہیت آتی ہو۔ بعض وقت ماحضر کچھ اس ڈھنگ سے پیش کیا جاتا ہے کہ رغبت نہیں ہوتی، اس کا یہ مطلب نہیں کہ

معدہ ناکام ہو چکا ہے۔"

"میں پہلے ہی کھٹکی تھی حضور، لونڈیا میں کچھ کھوٹ ہے، نواب زادوں کے مزاج کے لائق نہیں۔ سوکھی ماری مر گھلی، میری مانئے تو سرکار اس نامراد کو باقر نواب کو دے ڈالیے۔ کئی بار کہہ چکے ہیں ان کے ولائتی کتوں کی جوڑی حشمت میاں کو پسند ہے۔ وہ بخوشی تبدیل کر دیں گے۔" بوبو بیگم کی پنڈلیوں کو دبانے لگیں۔

"اے ہے نوج، میں موئی کو زہر دیدوں گی مگر اس کوڑھی کو نہ دوں گی، موا سڑ رہا ہے سر پر سے۔"

ایسا اندھیر تو خاندان میں کبھی نہیں ہوا کہ لونڈی جائے اور صحیح سلامت لوٹ آئے۔

تکلفات خیال کیے بغیر ہی پیش دستی کر بیٹھتے ہیں۔ کہیں بھائی بھائی میں رقابت نہ ٹھن جائے۔ اس لیے سگھڑ بیگمیں احتیاط سے بٹوارہ کر دیتی ہیں۔ پھر مجال ہے جو دوسرے کی باندی پر کوئی دانت لگائے۔ بالکل قانونی حیثیت ہوتی ہے اس گھریلو فیصلے کی۔

"میں تو عاجز ہوں اس لڑکے سے، اٹھارہ انیس کا ہونے کو آیا۔ کیا مجال جو کسی لونڈی باندی کو چھیڑا ہو کہ چٹکی بھری ہو۔ ہمارے بھائی تو ادھر دس بارہ کے ہوئے اور خرمستیاں شروع کر دیں، سولہ سترہ کے ہوئے اور پھیل پڑے۔ اے نایاب نگوڑی ڈھنگ سے نہائی دھوئی بھی تھی کہ تم نے ہلدی لہسن میں سڑتی ہوئی میرے بچے کی جان پر تھوپ دی"، بیگم نواب بولیں۔

"اے حضور مجھے اناڑی سمجھا ہے؟ اللہ کی عنایت سے ان ہاتھوں نے ایسی کیسی

باندیاں سنواری لونڈیا کی ایڑی دیکھ کر مرد ذات کوہ قاف کی پری کو نہ پوچھے۔ حشمت میاں فرنگن سے پھنسنے کو ہو رہے تھے۔ مگر میری ہاتھ کی صنوبر سورات ہوئی کہ نہیں؟" بوبوا اپنے فن پر آنچ آتے دیکھ کر بڑی چراغ پا ہوئیں۔

"اے قربان جاؤں بیگم، آپ کا لال جوانوں کا جوان ہے۔ دن بھی تو اب خراب ہیں۔ پچھلے دنوں بھاری قیمت دے کر دو باندیاں افضل نواب نے خریدیں، پولیس نے ناطقہ بند کر دیا۔ بہت کچھ کھلایا پلایا، بہت کہا کہ اللہ کے نام پر غریب لڑکیوں کی پرورش کر رہے ہیں۔ مگر لڑکیاں کسی ہوم سوم میں اللہ ماری پہنچادی گئیں۔ڈیڑھ ہزار پر پانی پھر گیا۔ اب نئی باندی ملنا بھی تو مشکل ہے۔"

اگر تیسری جنگ شروع ہوتی تو بھی محل میں ایسا طوفان نہ مچتا۔ بات رینگتی ہوئی سارے خاندان میں پہنچ گئی۔ جانو ہر چہار طرف سنپو لیے چھوٹ گئے۔ ایک سے دوسرے منہ تک جانے میں کتنی دیر لگتی ہے، جس سے سنا، چھاتی کوٹ لی۔

"ہے ہے اچھن میاں۔"

افضل میاں کو پتہ چلا، پائنچہ پھڑ کاتے، پیک کا غرارہ منہ میں سنبھالے آن پہنچے اور سیدھے چھمن کی جان پر ٹوٹ پڑے۔

"اوی ماں ہمیں کیا معلوم تھا۔ یہ قصہ ہے، ورنہ تمہاری بھابی کا پھندا کاہے کو گلے میں ڈالتے۔ جان من اب بھی کچھ نہیں گیا ہے، بندہ حاضر ہے۔" کسی زمانے میں وہ چھمن پر بری طرح لٹو ہو گئے تھے بڑے سرکار نے گولی مار دینے کا الٹی میٹم دیا، تب ہوش میں آئے۔ چھمن ان سے بے طرح چڑتے تھے۔

"بکواس مت کیجیے۔ ایسی کوئی بات نہیں، اصل میں مجھے یہ باتیں پسند نہیں،

میرا مطلب ہے بغیر نکاح ناجائز ہے۔"

"بالکل جائز نہیں۔"

"اس کا مطلب یہ ہوا کہ ہمارے جد امجد سب کے سب حرامکار تھے۔ ایک آپ پیدا ہوئے ہیں۔ متقی پرہیز گار۔"

"میرا خیال ہے کہ۔۔۔"

"آپ کا خیال سالا کچھ نہیں، کبھی ارکان دین کا مطالعہ فرمایا ہے؟"

"نہیں تو، مگر۔۔۔ یہ بات عقل میں نہیں۔"

پتھر پڑ گئے ہیں آپ کی عقلِ مبارک پر، معلوم ہے نہیں کچھ اور آئیں بائیں شائیں ہاکنے لگے۔"

"مگر قانوناً جرم ہے۔"

"ہم یہ کافروں کے قانون کو نہیں مانتے ہم خدائے ذوالجلال والکرام کے حکم پر سرِ تسلیم خم کرتے ہیں۔ ہمارے ہاں لونڈی غلام کے ساتھ اولاد جیسا سلوک کیا جاتا ہے۔ نایاب کو دیکھو، ملکہ بنی راج کر رہی ہے۔ ان کے بیٹے کو کسی چیز کی ضرورت نہیں ہے، سب ہی باندیوں پر چربی چڑھ رہی ہے۔ ہاں تمہیں سوکھا مارا مال دیا گیا ہے، تو میاں سروری لے لو۔ دنبہ ہو رہی ہے۔"

"ہشت۔"

"ہم کہتے ہیں آخر معاملہ کیا ہے؟"

"کچھ معاملہ نہیں، آپ مہربانی فرما کر میرا بھیجا نہ چاٹیے۔"

"تمہاری مرضی، تم کو جگ ہنسائی کا شوق ہے تو کون روک سکتا ہے، تمہاری

مرضی اور سرکار شاید آپ کو پتہ نہیں کہ آپ کی منگیتر۔۔۔"

"میری کوئی منگیتر ونگیتر نہیں۔"

"ابھی نہ سہی، ہو تو جائیں گی۔ وہ حرمہ خانم اس لفنڈر سے بہت میل جول بڑھا رہی ہیں۔ منصور سے۔"

"تو میں کیا کروں۔"

"بتاؤں کیا کرو، ابھی صدر کی طرف کو جا رہا ہوں منہارن کو بھیجے دیتا ہوں، بھر کلائیاں چوڑیاں پہن لو اور کیا"، انہوں نے پیک بھرا قہقہہ مارا۔

"جہالت، سب جہالت کی باتیں ہیں۔"

"ہمارے قبلہ و کعبہ جاہل تھے؟"

"ہوں گے مجھے کیا پتہ۔"

"ابے کیوں گھاس کھا گئے ہو، بزرگوں نے کچھ سوچ سمجھ کر ہی رواج بنایا، اب تک ہمارے خاندانوں میں اسی پر عمل ہوتا چلا آیا ہے۔ باندی مل جائے تو جوان لڑکے بے راہ نہیں ہوتے بری لتوں سے بچتے ہیں، صحت اچھی رہتی ہے۔"

"یہ سب حرام کاری کو جائز بنانے کے ہتھکنڈے ہیں۔"

"تم کفر بک رہے ہو، مذہب کی توہین۔۔۔"

"ارے جایئے بڑے مذہب والے آئے، مذہب کی بس ایک ہی بات دل پر نقش ہے۔"

نالائق بھی ہو اور۔۔۔ بد تمیز بھی۔ لاحول ولا، میری بلا سے تم جہنم میں جاؤ۔"

رات کو خاصا چنا گیا تو نایاب بوبو نے بڑے اہتمام سے چاندی کی چمچی میں

معجون مرکب جواہر والا چاندی کے ورق میں لپیٹ کر پیش کیا۔ حکیم صاحب کی ہدایات کا پرچہ چھمن سے بے پڑھے پھاڑ دیا تھا اور سروری کو ڈپٹ بتائی تھی۔ چھمن کا جی چاہا کی قاب میں ڈوب مریں۔ انہوں نے معجون کو ہاتھ مار کر گرادیا۔ اور پیر پٹختے اپنے کمرے میں چلے گئے۔ ساری دنیا ان کو نامرد سمجھ رہی تھی۔

انہوں نے اب تک جتنی علمی اور ادبی کتابیں پڑھیں تھیں، سب ہی میں بغیر شادی کیے کسی عورت سے تعلقات رکھنے والے کو زانی اور بدکار کہا گیا تھا۔

باہر پھر آج ہوا بھری ہوئی ڈائن کی طرح ہونک رہی تھی، کھڑکی کے شیشے پر ایک کمزور سی ٹہنی بار بار پٹخ رہی تھی، جیسے ہوا سے بچ کر اندر چھپنے کے لیے دستک دے رہی ہو۔ بڑی مشکل سے آنکھ لگی۔ ٹھنڈی ٹھنڈی بوندیں ان کے پیروں پر رینگیں تو گھبرا کر جاگ پڑے۔ دل دھک دھک کرنے لگا۔

حلیمہ ان کے پیروں پر منہ رکھے سسک رہی تھی۔ جلدی سے انہوں نے پیر کھینچ لیے پھر وہی آنسوؤں کا طوفان، یہ لڑکی تو دشمن سے مل کر ان کے خلاف مورچہ بندی پر تلی ہوئی تھی۔ یہ لوگ انہیں ڈبو کر ہی دم لیں گے۔

"کیا ہے؟" انہوں نے ڈپٹا۔

"کیا میں اتنی گھناؤنی ہوں کہ سرکار کے پیر بھی نہیں چھو سکتی"، حلیمہ کراہی۔

"بھئی یہ کیا گدھا پن ہے۔ جاؤ ہمارے کمرے سے۔"

"نہیں جاؤں گی، کیا سمجھا ہے مجھے، باندھی ہوں، کوڑھن تو نہیں۔ سارا محل میرے جنم میں تھوک رہا ہے، میرا مذاق اڑایا جارہا ہے کہ آپ کو مجھ سے گھن آتی ہے۔ میں آپ کے لائق نہیں۔ کل سے سروری آپ کی خدمت گزاری پر مقرر کی

"جائے گی۔"

"ہم اس سور کو بہت ماریں گے۔ ہمیں خدمت گزاری کی کوئی ضرورت نہیں۔"

"ہو جائے گی، ضرورت، حکیم صاحب فرماتے ہیں کہ۔۔۔"

"جھک مارتے ہیں حکیم صاحب الو کے پٹھے۔"

"تو میں کیا کروں۔"

"جاؤ، سو جاؤ بہت رات ہو گئی۔"

"میرے لیے کیسا دن اور کیسی رات، پر اتنا تو احسان کیجیے کہ مجھے زہر ہی لا دیجیے۔"

"ہم کیوں لا دیں زہر؟ بیوقوف، کیسی باتیں کر رہی ہے۔ خودکشی گناہ ہے۔"

"تو پھر باقر نواب کی آگ میں جا کر جلوں، انہیں گرمی کی بیماری ہے۔ چھوٹے میاں"، حلیمہ پھر دریا بہانے لگی۔

"نواب باقر، ان کمبخت کا ذکر کیا ہے۔"

"انہی کا تو ذکر ہے، آپ سروری کو قبول کر لیجیے، مجھے ان کے ہاتھ بیچا جا رہا ہے۔۔۔ ولائتی کتوں کی جوڑی کے عوض جو اٹھارہ سو کی تھی۔"

"افوہ کیا بکواس ہے۔"

"باقر نواب اندر سے سڑ رہے تھے، مہترانی بوبو سے کہہ رہی تھی۔ بوبو کو تو مجھ سے بیر ہے۔ میں نے جبار کے منہ پر جوتی ماردی تھی۔"

ٹھنڈے دل سے حلیمہ نے سمجھایا تو غصہ سے کانپنے لگے۔ ان کا جی چاہا حلیمہ

کے آنسو اپنے دامن میں سمیٹ لیں، مگر اسے ہاتھ لگاتے جی کانپ رہا تھا کہ ہاتھ لگا تو چھوٹنا مشکل ہو جائے گا۔

"کیا تم مجھ سے شادی کرنا چاہتی ہو؟" چھمن میاں نے پوچھا۔

"میرے اللہ ساری دنیا کو معلوم ہے، حربہ بٹیا بچپن کی مانگ ہے، آپ کی۔"

"اور تم؟"

"میں آپ کی باندی ہوں۔"

"تم ہماری باندی ہو۔ تمہاری باندی ماں تو باندی نہیں تھی۔ نہ تمہارا باپ باندی زادہ تھا۔ تم تو سیدانی ہو حلیمہ۔ تمہارے ابا کسان تھے۔

"حلیمہ۔۔۔ سنو حلیمہ۔۔۔ اس نے اس کے دونوں ہاتھ مٹھی میں پکڑ لیے۔ سنو تو ہم پیاری امی سے آج ہی کہیں گے کہ ہم حرمہ سے شادی نہیں کریں گے۔ ہماری شادی تم سے ہو گی۔"

"شادی!" حلیمہ نے جھٹکے سے دونوں ہاتھ چھڑا لیے۔ "توبہ توبہ آپ تو واقعی بچوں جیسی باتیں کرتے ہیں۔ یاد ہے الف کا نجام، صادق نواب نکاح کر رہے تھے، زہر دلوا دیا بڑی بیگم صاحب نے، ہائے کیسی تڑپی ہے تین چار دن، دم ہی نہ نکلتا تھا موئی کا چھوٹے میاں، ایسا ہی ہے تو اپنے ہی ہاتھوں سے گلا گھونٹ دیجیے"، حلیمہ نے ان کے دونوں ہاتھ اپنے گلے پر رکھ لیے۔

وہی ہوا جس کا ڈر تھا، حلیمہ کا جسم گوند کا بنا ہوا تھا۔ چھمن کے ہاتھ الجھ گئے۔

"جاؤ۔۔۔ جاؤ حلیمہ۔۔۔ پیاری حلیمہ۔۔۔ جا۔۔۔ جا۔۔۔" انہوں نے سمیٹ لیا۔

"اف کتنے ٹھنڈے ہیں تیرے ہاتھ۔۔۔ حلیمہ۔۔۔"

"تو گرم کر دیجیے میرے سرکار"، اس نے چھمن میاں کر کرتے کے بٹن کھول کر اپنے چھوٹے چھوٹے سرد ہاتھ ان کے بے قرار اچھلتے ہوئے دل پر رکھ دیے۔ روتے سسکتے دو معصوم ناتجربہ کار بچے ایک دوسرے میں تحلیل ہو گئے۔ باہر ہوا دبے پیر شرمائی ہوئی نئی دلہن کی طرح آہستہ آہستہ جھوم رہی تھی۔

چھمن میاں کی تو ہر بات بے تکی اور نرالی ہوا کرتی تھی۔

سب ہی ان پر ہنستے تھے۔ کھلونوں سے کھیلتے ہیں، ان کی پوجا نہیں کرنے لگتے۔ بیگم نے اس صبح کیا اطمینان کی سانس لی تھی۔ جب بوبو نے انھیں جھک کر سلام کیا۔ اور جی کھول کر مبارک باد دی تھی۔ آٹھ بجے تھے اور ماشاء اللہ ابھی تک دروازہ بند تھا۔

پھر جب صاحبزادے کالج چلے گئے تو بیگم نے اپنی آنکھوں سے ثبوت دیکھ کر دو رکعت نفل شکرانے کے پڑھے۔ حلیمہ کو حرارت ہو گئی تھی۔ اپنی کوٹھڑی میں منہ اندھائے پڑی تھی۔ بوبو آتے جاتے گندے مذاق کر رہی تھی۔ سارے محل میں غلغلہ تھا کہ چھوٹے میاں نے حلیمہ کو قبول کر لیا۔ دوسری باندیاں کلستی پھر رہی تھیں۔ حلیمہ قسمت والی تھی کہ ایسا سجل معصوم دولہا ملا۔ اپنی بات چیت میں باندیاں دولہا کہہ کر ہی دل کو سہارا دے دیا کرتی تھیں۔

لڑکیوں کو دیکھ کر چھمن میاں کے ہمیشہ ہاتھ پاؤں پھول جایا کرتے تھے، مگر حلیمہ کو ایک بار چھو کر وہ کسی کام کے نہ رہے۔ خالی گھنٹہ ملا اور بھاگے چلے آ رہے ہیں۔ یار دوست چھٹی اتوار کے دن آتے ہیں، میاں بہانہ بنا رہے ہیں، مجھے پڑھنا ہے

اور پڑھتے بھی تو حلیمہ کے زانوں پر سر رکھا ہوا ہے ہر فل سٹاپ پر پیار کا نکتہ۔

"گنوار لٹھ، کاش ذرا پڑھ لیا ہوتا تو میرے نوٹ فیر کر دیتی۔" اور حلیمہ بیٹھی کوئلے سے زمین پر اے۔بی۔سی۔ڈی کاڑھ رہی ہیں۔

"میرے فونٹین پین میں سیاہی تو بھر دو یار۔"

سیاہی میں دونوں ہاتھ، ناک، منہ، اوڑھنی رنگ گئی اور اوپر سے ٹسوے، بالکل گدھی ہے۔ بڑا اعلیٰ انتظام ہوا کرتا تھا، میاں کو ایک حصہ الگ محل کا دے دیا جاتا تھا۔ باندی سے پھر کسی اور کام کی توقع نہیں کی جاتی تھی۔ حلیمہ تو نایاب بوبو کی سدھائی تھی۔ بیگم کا ہاتھ منہ دھلانے پر ضد کرتی۔ پاندان پونچھنے سنوارنے، تازہ کتھا چونے بھرنے اور چھوٹے موٹے کام سے منہ نہ موڑتی۔

"اے بھئی بس اپنے چھوٹے سرکار کو سنبھالو"، بیگم اسے ٹالتیں، مگر وہ سر دھکے گردن جھکائے ضد سے ان کے پیر دباتی۔ ساس ہی تو ہوئیں۔ ان کا پوت بھی تو لونڈی کے پیر چومتا ہے۔

نئے جوڑے، زیور سب ہی کچھ دیا جاتا تھا۔ بالکل علیحدہ گھر داری کا سا لطف آجاتا تھا۔ جی چاہا تو اپنی طرف کے باورچی خانہ میں کوئی تازہ چیز جھٹ پٹ بگھار لی۔ روز مالن بھر ٹوکری پھول گجرے دے جاتی۔ مگر سیج پر پھول چھمن میاں کو کبھی نہ بھائے۔

"بھئی بڑا دکھ ہوتا ہے، پھولوں پر چڑھے لیٹے ہیں۔ بڑی بے رحمی ہے۔" وہ سارے پھول سمیٹ کر حلیمہ کی گود میں بھر دیے۔

نایاب بوبو وہی اپنے طوطے جیسی رٹ لگائے ہوئے تھیں کہ ادھر متلیاں

لگیں، ادھر موٹی مردار ہوئی۔ لوگ بیاہتا تک کو جی سے اتار دیتے ہیں تو باندی کی بھلی چلائی۔ چھمن کا جنون اور لگن دیکھ کر بوبو سرور سے آنکھیں نیم باز کر لیتیں۔

"سوچتی ہوں کہ اب کے خالی چاند میں نکاح ہو جائے مجھے کچھ فیروزہ خانم، اکھڑی اکھڑی لگیں۔"

بیگم نواب اب چھمن میاں کی مردانگی سے مطمئن ہو کر بولیں، "کہنے والوں کے منہ میں خاک، سنتے ہیں حرمہ بٹیاہی آزاد ہو گئی ہیں۔ بوبو نے اطلاع دی۔"

"بیگم کہنے والوں۔۔۔ کے منہ میں انگارے کہ کوئی ارشد میاں کا یار ہے۔ بہت آنا جانا ہے اس گھر میں۔"

"ہے ہے، تم سے کس نے کہا۔"

"طرحدار کی دلہن بہت آتی جاتی رہتی ہیں، ان کی ممانی لگتی ہیں جو سوزن کاری سکھانے جاتی ہیں۔ مریم بیٹا کو کہہ رہی تھیں خوب گیند بلا ہووے ہے۔ اللہ رکھے اپنے میاں کی پڑھائی میں کون سے روڑے اٹکتے ہیں میری مانئے تو چھمن میاں کا حرمہ سے نکاح ہو جائے تو اچھا ہے۔"

"مگر لڑکا تو پٹھے پر ہاتھ نہیں رکھنے دیتا۔ کہتا ہے کہ حلیمہ سے ہی نکاح پڑھوا دو۔ میں نے کہا ہے اب تو کہا ہے، پھر اگر یہ خرافات منہ سے نکالی تو قسم سے جان دے دوں گی۔"

"اے بیگم بکتے ہیں، ان نوابوں کے قول و فعل میں کون سی سنگت، تیل دیکھیے تیل کی دھار دیکھیے۔ اسی اٹھوارے میں سیدھے تکا ہو جائیں گے۔ لونڈیا مجھے کچھ مری مری سی لگتی ہے۔"

بوبو سے محل کا کوئی راز پوشیدہ نہ تھا۔ گائے بھینس حتی کہ شاید چوہوں تک کا پیر بھاری ہوا کہ بوبو نے تاڑ لیا۔ وہ تو مرغیوں کے منہ لال دیکھ کر سمجھ جاتی تھیں کہ کڑ کی اتر گئی اور انڈا دینے والی ہے۔

"پیاری امی کیا حلیمہ گاؤں جارہی ہے؟" چھمن نے آخر دوبدو پوچھ ہی لیا۔ حلیمہ کئی روز سے ٹسر ٹسر رو رہی تھی۔

"ہاں چندا، نایاب بوبو بھی ساتھ جائیں گی۔ امی حضور سے میں نے کہلوا دیا ہے کہ تمہارے لیے نیبو کا اچار ضرور ارسال فرمائیں۔"

"مگر پیاری امی" چھمن بولے، "حلیمہ کو کیوں بھیج رہی ہیں۔ میرے کپڑے کی دیکھ بھال کون کرے گا۔"

"سروری ہے، لطیفہ ہے۔"

"سروری، لطیفہ نے میری کسی چیز کو ہاتھ بھی لگایا تو۔۔۔ مجھ سے برا کوئی نہ ہوگا۔ ہاں، مگر حلیمہ کو کیوں بھیج رہی ہیں"، چھمن منمنائے۔

"ہماری مرضی۔ تم ان معاملوں میں کون ہوتے ہو دخل دینے والے۔"

"مگر پیاری امی۔"

"میاں ابھی تو ہم جیتے ہیں۔ قبر میں تھوپ آؤ۔ تب من مانی کرنا۔" پیاری امی کی آنکھوں میں سے چنگاریں چٹخنے لگیں۔ اندرونِ خانہ کے معاملہ میں تمہیں کیا تمہارے باوا تک کو دخل نہیں، تمہیں آج تک تکلیف ہوئی ہے جو اب ہوگی۔ باندیوں کے معاملے میں بوبو کا فیصلہ ہی چلتا ہے۔"

"پیاری امی، حلیمہ باندی نہیں میری جان ہے۔ سید زادی ہے۔ آپ نے خود

بڑے شوق سے انتخاب فرما کر اسے میرے دل میں بھیجا ہے اور کچے ناخنوں کو گوشت سے جدا کر رہی ہیں، کیوں؟ کون سی چوک ہوئی مجھ سے"، انہوں نے کہنا چاہا مگر جذبات نے گلا پکڑ لیا۔ حلق میں کانٹے چبھنے لگے۔ اور وہ سر جھکائے اٹھ گئے۔

حلیمہ اپنے آنسوؤں سے خائف تھی۔ یہ آخری چند دن وہ دھوم دھام سے گزارنا چاہتی تھی۔ پھر زندگی وفا کرے نہ کرے۔ ابھی چار دن باقی تھے زندگی کے، ان چار سلونے دنوں کے لیے اس نے چار جورے نک سک سے تیار کئے تھے۔ عطر کی بو سے قے آ رہی تھی، مگر جی پر پتھر رکھ کر اس نے بستر کی ہر تہہ کو بسا دیا تھا۔ بال دھو کر مصالحہ کی خوشبو بسالی تھی۔ ہاتھ پیر کی پھیکی مہندی کو اجاگر کر لیا اور پھر بھر ہاتھ چوڑیاں چڑھالی تھیں۔ کیونکہ چھمن میاں کو چٹ چٹ چوڑیاں توڑنے میں بڑا مزہ آتا تھا۔ وہ کتنی بھی توڑ ڈالیں۔ سہاگ کے نام کی دو چار بچ ہی جائیں گی۔

"گاؤں جانے کا غم نہیں"، چھمن نے اسے پھول کی طرح کھلے دیکھ کر پوچھا۔ خود ان کا دل لہو ہو رہا تھا۔

"نہیں"، بوبو نے ٹسوے بہانے کو منع کر دیا تھا۔

"کیوں؟" انہیں تاؤ آ گیا۔

"جلد ہی تو آ جاؤں گی۔"

"کتنی جلدی۔"

"تھوڑے دنوں بعد۔"

"کتنے ہوتے ہیں تھوڑے دن۔"

"بس چھ سات مہینے۔"

"چھ مہینے۔"

"آہستہ بولیے۔"

"ہم مر جائیں گے حلیمہ۔"

"اللہ نہ کرے، آپ کی بلائیں میرے سر میرے نوشاہ۔ برے فال منہ سے نہ نکالیے۔ اللہ اپنے رحم وکرم سے مجھے آپ کی خدمت کے لیے ضرور واپس لائے گا۔ سب ہی تو نہیں مر جاتیں۔ صنوبر کی اور بات تھی۔ بڑے سرکار نے لات ماردی تھی تو پیٹ میں بچہ مر گیا۔ ہائے میں مر جاؤں۔ سہم کر اس نے منہ پر ہاتھ رکھ لیا۔ یہ وہ کیا بک رہی تھی۔

"بچہ!" چھمن تڑپ کر اٹھ بیٹھے۔

"نہیں، نہیں چھوٹے میاں۔۔۔ میں۔"

"میرے سر کی قسم کھا"، چھمن میاں نے اس کا ہاتھ اپنے سینے پر رکھ لیا۔

"نہیں اللہ نہیں۔"

"چھوٹی حلیمہ"، انہوں نے جلدی سے لیمپ جلایا۔ سہمی ہوئی نظروں سے تکنے لگے۔ پھر مجرموں کی طرح سر جھکا لیا۔ گود میں ہاتھ رکھے بیٹھے رہے۔

بچہ، ان کا بچہ، زندہ انسان کا بچہ۔ جی چاہا نہ جانے کیا کریں۔ زور سے ایک قلانچ بھریں۔ یہ آسمان پر جو تارے جگمگا رہے ہیں، سارے کے سارے توڑ کر حلیمہ کی گود میں بھر دیں۔

"کب ہو گا؟" انہوں نے پوچھا۔

"شاید چھ مہینے بعد"، حلیمہ شرما گئی۔

"اوہ تب تک تو میر ا رزلٹ بھی نکل آئے گا"، وہ ٹالنے لگے۔

حلیمہ کا دل جھونکے کھانے لگا۔ گاؤں سے اس بدنصیب کے رونے کی آواز کیسے پہنچے گی۔ سرکار کے کانوں میں، بے حیا اور ماں کی طرح سخت جان ہوا تو شاید دوسری لونڈی بچوں کے جھرمٹ میں پل جائے گا۔ باپ اسے پہچانے گا بھی نہیں، بیٹا نہیں غلام ہو گا، کپڑوں پر استری کرے گا۔ جوتے پالش کرے گا۔ اور اگر بیٹی ہوئی تو کسی کے پیر دبانے کی عزت حاصل کر کے گاؤں میں زندگی کا تاوان ادا کرنے چلی جائے گی۔

مگر حلیمہ کی زبان کو تالا لگا ہوا تھا۔ بوبو نے کہہ دیا تھا۔ "مالزادی اگر صاحبزادے کو بھڑکانے کی کوشش کی تو بوٹیاں کر کے کتوں کو کھلا دوں گی۔"

"حلیمہ تم گاؤں نہیں جاؤں گی۔"

"ایسی باتیں نہ کیجیے۔"

"میں تمہیں نہیں جانے دوں گا۔"

"للہ میرے بھولے سرکار۔"

مگر انہوں نے اسے بولنے نہ دیا۔ بوبو کہتی تھیں پیٹ والی عورت سے مرد ذات کو گھن آتی ہے۔ تو یہ کیسا مرد تھا کہ بالکل وہی پہلے دن کا سا پیار۔

دوسرے دن چھمن میاں نے کالج کو لات ماری اور اپنی اکیلی ہستی کا وفد لے کر ہر دروازے پر دہائی دے ڈالی۔

"بھائی جان، حلیمہ کو گاؤں کیوں بھیج رہے ہیں۔"

"میاں، محل کا پرانا دستور ہے۔"

"وہ گائے بھینس نہیں، میرے بچے کی امانت دار ہے۔"

صاحبزادے کا چہرہ تمتما اٹھا۔ "بھئی حد کرتے ہو تم بھی۔ یہ باتیں ہمارے سامنے کہتے ہوئے تمہیں شرم بھی نہیں آتی۔ لاحول ولا قوہ۔" وہ بھنا کر اٹھ گئے۔

محل کی پالیٹکس میں مردوں کا کوئی دخل نہیں ہوتا۔ پیاری مائیں جب مناسب سمجھتی ہیں، چاق و چوبند باندی پیر دبانے کو مہیا کر دیتی ہیں۔ جب اسے صحت کے لیے مضر اور بیکار سمجھتی ہیں۔ دوسرے کاٹھ کباڑ کی طرح مرمت کے لیے بھجوا دیتی ہیں۔ عوض پر دوسری آجاتی ہے۔ باندی سے جسم کا رشتہ ہوتا ہے۔ شریف آدمی دل کا رشتہ نہیں کر بیٹھتے۔

"افضال بھائی پیاری امی سے کہیے حلیمہ کو گاؤں نہ بھیجیں"، انہوں نے اپنے چچازاد بھائی کی خوشامد کی۔

"اماں دیوانے ہوئے ہو۔ پیٹ والی عورت کے لیے مضر ہوتی ہے۔ کیوں اتنا سٹپٹاتے ہو۔ دوسرا انتظام ہو جائے گا"، انہوں نے ہنس کے ٹال دیا۔

"مجھے دوسرا انتظام نہیں ہونا چاہیے۔"

"اور پھر دسمبر میں تمہارا نکاح ہے حرمہ بی بی سے۔"

"میں حرمہ سے شادی نہیں کروں گا۔"

"حلیمہ گاؤں جائے گی تو میں کالج چھوڑ دوں گا"، انہوں نے اعلان کر دیا۔

"اچھا جی صاحبزادہ کی یہ مجال"، بیگم کا خون کھول گیا۔ "اسے ضد کرنا آتی ہے تو ہمیں بھی جواب دینا آتا ہے۔ اب تو چاہے میری میت اٹھ جائے، نامراد حلیمہ یہاں ایک گھڑی نہیں رہ سکتی۔ پرسوں ورسوں نہیں، نایاب تم اسی وقت تیار کرو۔

قسم جناب کی۔"

"انجم بیٹا بھی اللہ رکھے امید سے ہے۔ فراغت پا کر ولایت جانے کا ارادہ ہے۔"

"اس کا کیا ذکر ہے، خدا جیتا رکھے میری بیٹی کو"، انجم چھمن میاں کی بہن کا نام تھا۔

"آمین، مگر گود والے کو ولایت سنگ تو نہ لے جائیں گے۔ اور وہ دولہا نواب کا اکیلا جانا بھی درست نہیں، وہ نگوڑی فرنگن پھر پیچھے لگ گئی تو قیامت ہی آجائے گی۔"

"اے ہے نایاب کہنا کیا چاہتی ہو۔"

"انجم بیٹا بھی زحمت سے بچ جائیں گی۔ وہ لندن جائیں گی تو بعد میں حلیمہ ان کے بچے کو دودھ پلا سکے گی۔ اچھا پاک دودھ بھی بچے کو ملے گا۔"

"جو حکم سرکار۔"

"مگر گاؤں میں اچھی دیکھ بھال نہ ہو تو۔۔۔ حلیمہ دھان پان تو ہے ہی، یہاں نظروں کے سامنے رہے گی۔ میرے ہاتھ کے نیچے، موئی کو اچھی طرح ٹھساؤں گی اور پھر صاحبزادے کی ضد بھی پوری ہو جائے گی۔"

"ضد ہی تو نہیں پوری۔۔۔ کروں گی بس۔" مگر بیگم ذرا نرم پڑ گئیں۔

"آپ کی مرضی، پر اتنا عرض کروں گی، بس کچھ دن جاتے ہیں کہ میاں کا جی بھر جائے گا۔ اپنا کام نکلے گا۔ ان پر احسان الگ سے ہو گا۔"

نایاب کے پیٹ میں جب جبار نے نزول فرمایا تو فرحت نواب ٹھنڈے پڑ گئے۔

جب عورت حاملہ ہو جاتی ہے تو مرد کی دل چسپی ختم ہو جاتی ہے کہ یہ قانونِ قدرت ہے۔

مگر چھمن میاں قانونِ قدرت اور نایاب بوبو کو جھٹلا رہے تھے، کیونکہ وہ دیوانے تھے کہ پیر کی جوتی کو کلیجہ سے لگا رکھا تھا۔ ایسی بے حیائی تو کسی نواب زادے نے کسی بیگم کے معاملے میں نہیں لادی۔ سر جھکائے مارامار زچہ بچہ کے رکھ رکھاؤ پر کتابیں پڑھی جا رہی ہیں۔ سارا جیب خرچ باندی کے لیے وٹامن کی گولیاں اور ٹانک لانے پر خرچ ہو رہا ہے۔

حلیمہ صحن میں بیٹھی چھمن میاں کے کرتے پر مری کا کام کر رہی تھی۔ کچ سے سوئی انگلی میں اتر گئی۔ وہ جانتی تھی، وہ گاؤں کیوں نہیں بھیجی گئی تھی مگر اس نے چھمن کے خواب چکنا چور نہ کئے تھے۔

چھمن کیاں کو ہول سوار ہو رہے تھے۔ انہوں نے اتنے قریب سے حاملہ عورت کبھی نہ دیکھی تھی۔ سنا تھا نجم باجی کے کچھ ہونے والا ہے، مگر وہ تو بس اوڑھے لپیٹے دھما بنی کراہا کرتی تھیں۔ گھڑی بھر کو سلام کیا، دور بھاگ لیے۔

انہیں ڈر لگتا تھا کہ حلیمہ کہیں مینڈکی کی طرح پھٹ نہ جائے۔ کتابوں سے بھی تسلی نہ ہوئی تو فرخندہ نواب کے ہاں بھاگے گئے۔

فرخندہ نواب سے سب خاندان والے فرنٹ تھے، کیونکہ کسی زمانے میں وہ اونٹ پٹانگ محبت کر کے ہاتھ جلا چکی تھیں، مگر اشرف صاحب ان کے میاں پولیس میں تھے، اس لیے سب کو غرض پڑتی تھی اور ان کی چاپلوسی کرنا پڑتی تھی۔ ویسے بھی بیگمیں ان سے بہت کٹتی تھیں کہ وہ بہت عالم فاضل تھیں۔ ان کے بیٹے نعیم

سے چھمن کی بہت گھٹتی تھی۔

چھمن میاں کے پرکھوں کو بھی پتہ نہ تھا کہ پیاری امی نے ان کی دلہن کے زیورات کے بارے میں صلاح لینے کے لیے جمعہ کے روز بلایا ہے۔ فرخندہ زیرِلب مسکرائیں اور وعدہ کیا کہ جمعہ کے روز آئیں گی تو ان کی حلیمہ کو بھی دیکھ لیں گی۔

پورٹیسکو سے اتر کر پہلے وہ چھمن کی طرف چلی گئیں۔

فرخندہ نواب نے ان کی بوکھلاہٹ پر سرزنش کی، "حلیمہ بالکل ٹھیک ہے۔ پھٹے وٹے گی نہیں۔

اتنا چربی والا کھانا نہ کھلاؤ، پھل اور دودھ دو۔"

"تسلیم پھوپھی جان"، حلیمہ نے چلتے وقت ذرا سا گھونگھٹ ماتھے پر کھینچ لیا۔

"جیتی رہو میری گڑیا"، فرخندہ جلدی سے گڑیا کے گھروندے سے نکل گئیں۔

ادھر بیگم نواب کے کمرے میں انہوں نے چھمن کی دلہن کے زیورات دیکھے تو گم سم بیٹھی رہیں۔

"اے بے کچھ رائے دو کہ منہ میں گھنگنیاں ڈالے بیٹھی ہو۔"

"بھائی جان زمانہ بدل رہا ہے۔ حرمہ بڑی پیاری بچی ہے، مگر وہ۔۔۔"

"ہاں ہاں کہو، وہ بڑی فیشن ایبل ہے، زیور گنوارو ہے تو میں بمبئی سے منگوا رہی ہوں۔"

اچھا ہے کھل کر بات ہو جائے۔۔۔ فرخندہ بیگم کچھ اکھڑی اکھڑی بیٹھیں۔ پھر بہانے بنانے لگیں کلب کی میٹنگ ہے۔ ان کے جانے کے بعد بوبو اور بیگم ان میں

کیڑے ڈالتی رہیں۔

نایاب زیور دکھانے کو گئیں تو پتہ چلا فیروزہ نواب تو اپنی کسی ملنے والی کے ہاں گئی ہیں۔ حرمہ گیند بلا کھیل رہی تھیں۔

حرمہ دھم دھم کرتی آئیں۔ نایاب بوبو نے زیورات کا صندوقچہ دکھایا اور بولیں، "زیورات، رانی بیٹا پسند فرمالیجیے۔"

"اوہ، مگر حلیمہ بی بی کے لیے میری پسند کے زیوروں کی کیا ضرورت ہے"، حرمہ لاپرواہی سے مڑ کر کٹے بالوں میں برش گھسیٹنے لگی۔

"اے خدا نہ کرے، حلیمہ باندی ہے۔"

"اچھا وہ بچہ چھمن میاں کا ہے نا۔"

"بچہ!" بوبو کو پسینے چھوٹنے لگے۔ "کیسا بچہ؟"

"فرخندہ خالہ کہہ رہی تھیں کہ۔۔۔"

"اے نہیں بیٹا۔۔۔ وہ۔۔۔ توبہ ہے بچی جھاڑ کا کانٹا ہو گئی۔ اماں جان نہیں، اس لیے کچھ بڑھیا کی گت بنا رہی ہیں۔ وہ ہوتیں تو مجال نہیں یوں میرے منہ پر جوتیاں مارتیں۔"

بوبو پھنپھناتی ہوئی اٹھ کھڑی ہوئیں۔

"کتنا اچھلتا ہے پاجی؟" چھمن اس کے چاندی جیسے تنے ہوئے پیٹ پر ہتھیلیاں رکھے قدرت کی ہنگامہ آرائیوں پر متحیر ہو رہے تھے۔

"اتنی ٹھنڈی کیوں پڑ گئی لیمو"، بہت پیار آتا تو چھمن میاں حلیمہ سے لیمہ اور لیمہ سے لیمو کہتے۔

چھمن نے اسے رضائی میں سمیٹ لیا اور لمبی لمبی سانسیں بھر کر سونگھنے لگے۔ کیسی مہکتی ہے لیمو جیسے پکا ہوا دسہری، جی نہیں بھرتا، پانی کا چھلکتا کٹورہ روز پیو، روز پیاس تازہ، مگر اتنا پیار کرنا خود غرضی ہے۔ مرجھائی جاتی ہے۔ نہیں اب وہ اسے ہاتھ بھی نہیں لگائیں گے۔ اے وقت یہیں ٹھہر جا، نہ پیچھے مڑ کر دیکھ، نہ آگے نظر ڈال کر پیچھے چھوٹا اندھیرا ہے اور آگے؟ آگے کیا بھروسہ ہے۔

"غضب خدا کا حلیمہ نے کیسی دغا دی ہے۔" بیگم نے نواسی کے منہ میں شہد میں انگلی ڈبو کر دے دی۔ "نایاب تمہارا منہ ہے کہ نگوڑا بھاڑ کہتی تھیں دونوں ساتھ جنیں گی۔ نجم دھواں دار رو رہی ہیں۔ بچی کو دودھ چھوانے کی روادار نہیں اور تمہاری حلیمہ ہے کہ بچہ نہیں جن پائی۔ تم تو کہتی تھیں کہ حلیمہ کا بچہ گاؤں بھجوا کر نجم کے بچے کو اس کے سپرد کر دو گی۔ اب کیا ہو گا۔"

نایاب کی بات نہ ٹلے۔ چاہے دنیا ادھر کی ادھر ہو جائے۔ دو ٹکے کی باندی حلیمہ کی یہ مجال کہ سارا پروگرام چوپٹ کیے دیتی ہے۔

حلیمہ بیٹھی نارنگیوں کا رس نکال رہی تھی۔ ابھی چھوٹے سرکار میچ جیت کر آتے ہوں گے۔ بوبو اسے گھور رہی تھیں جیسے چیل جھپٹا مارنے سے پہلے اپنے شکار کو تاکتی ہے۔ آج بڑی برہم نظر آرہی تھیں۔

"حلیمہ ادھر آ"، انہوں نے کرخت آواز میں پکارا۔ حلیمہ تھرا اٹھی۔

"ہوں تو یہ گل کھلایا ہے"، انہوں نے اس کو سر سے پیر تک گھورا۔ "بول حرام خور یہ کس کا ہے؟" جیسے انہوں نے آج پہلی بار اس کا پیٹ دیکھا ہو۔

"یہ ۔۔۔ یہ نارنگی ۔۔۔"

"نارنگی نہیں، نامرادیہ تربوز۔" انہوں نے اس کے امڈے ہوئے پیٹ پر پنکھا سے جھپاکا مارا۔ حلیمہ دم بخود رہ گئی۔ آج تک کسی نے اس کے پیٹ کے قطرپر کوئی بات چیت نہیں کی تھی۔ وہ گنگ بس آنکھیں پھاڑے سن رہ گئی۔

"اب بولتی ہے کہ لگاؤں ایک جوتی اس تھوبڑے پر، حرامزادی قطامہ۔" منجھلی نواب کی باندی گوری بی سے جب نایاب نے یہی سوال کیا تھا تو اس نے پھٹ سے جواب دیے دیا تھا۔

حلیمہ کی زبان تالو سے چمٹ گئی۔ کوئی اس کی بوٹیاں کرڈالتا۔ وہ چھوٹے سرکار کانام نہ لیتی۔ ان کا گناہ تو اس کا سب سے پیارا ثواب تھا۔

"منہ سے پھوٹتی کیوں نہیں جنم جلی؟" انہوں نے چٹاخ سے دیا ایک تھپڑ کہ انگوٹھی گال میں چبھ گئی اور خون نکل آیا۔

چھمن میاں ہٹ پر ہٹ لگارہے تھے۔ سارا میدان تالیوں سے گونج رہا تھا۔

تالیوں کے شور میں چھمن نے چاندی کا کپ دونوں ہاتھوں سے سنبھالا تو ایسا لگا حلیمہ کا چکنارو پہلی پیٹ دھڑک رہا ہے۔

حسب عادت چھمن میاں بھاگے ہوئے کمرے میں داخل ہوئے۔ حلیمہ کو پکارا، جواب نہ پایا تو کپ لیے پسینے میں تر پیاری امی کے پاس دوڑ پڑے۔

"اے میاں یہ لوٹا کہاں سے اٹھالائے اچھا خوبصورت ہے۔"

"یہ لوٹا نہیں بوبو، کپ ہے۔"

"اے بیٹے جان، ذرا حکیم صاحب کو فون کرو کہ ٹانگوں میں پھر سے اینٹھیں شروع ہوگئی ہے۔" پیاری امی کراہنے لگیں۔

جی بہت اچھا، "بوبو، حلیمہ سے کہو بڑی گرمی ہے، سوتی کرتا نکالے۔"

ٹیلی فون کر کے واپس لوٹے تو بوبو نے اشارے سے کہا سو رہی ہیں۔

"میرے کپڑے؟" بوبو نے اشارے سے اطمینان دلایا۔

"حلیمہ کہاں ہے"، وہ نہا کر نکلے تو سروری پاجانے میں ازار بند ڈال رہی تھی۔

"ہم پوچھتے ہیں حلیمہ کہاں ہے اور تو بکواس کیے جا رہی ہے۔ چھمن غرائے۔

"اللہ ہمیں کیا معلوم۔ شاگرد پیشے میں ہوگی۔ سروری آج بڑی بنی ٹھنی آرہی تھی۔"

"شاگرد پیشے میں؟ جابلا"، انہوں نے پاجامہ اس سے چھین لیا۔

سروری مسکرائی اور میلے کرتے سے بٹن نکال کر اجلے میں ڈالنے لگی۔

"ارے سنا نہیں تو نے چڑیل، چل بھاگ کے جا"، انہوں نے اس سے کرتا چھین کر پھینک دیا۔

"بوبو نے ہمیں بھیجا ہے۔"

"تجھے بھیجا ہے؟ کیوں؟" سروری آنکھیں جھکائے ہنس دی۔

"الو کی پٹھی!" چھمن نے ریکٹ لتارا۔ سروری بڑے ناز سے ٹھمکتی جھانجن بجاتی چلی گئی۔

پانچ پھر دس منٹ گزر گئے۔ چھمن جھلائے تولیہ باندھے میگزین الٹ پلٹ کرتے رہے۔ جب پندرہ منٹ گزر گئے تو بے قرار ہو گئے۔

"ارے ہے کوئی؟" وہ حلیمہ کو اسی طرح آواز دیتے تھے۔

سروری اتراتی زمین پر ایڑیاں مارتی، پھر نازل ہو گئی۔ اس کی زہریلی مسکراہٹ

دیکھ کر چھمن کا جی دھک سے رہ گیا۔

"چڑیل سچ سچ بتا، نہیں تو۔۔۔" انہوں نے اس کی چٹیا کلائی پر لپیٹ کر مروڑی۔

"ہئی میں مر گئی، ہائے میری میّا، سرکار ادھر شاگرد پیشے میں ہے۔"

چھمن نے اس کی چٹیا چھوڑ دی اور سارے بدن سے کانپنے لگے۔ جلدی سے سلیپر پیر میں ڈالے اور بھاگے۔

"اے میاں خدا کا واسطہ، کہاں جا رہے ہیں۔ سروری پیچھے لپکی۔ "مردوں کے جانے کا وقت نہیں ہے۔ مگر میاں کہاں سنتے تھے۔ برآمدے میں نایاب مل گئی۔

"بوبو، ڈاکٹرنی کو فون کراؤ۔"

"ہے ہے چھوٹے میاں کپڑے تو پہنو، او مالزادی"، انہوں نے سروری کو پھٹکارا۔ وہ تو لطیفہ کو بھیج رہی تھیں پر سروری نے ان کے پیر پکڑ لیے۔

"بوبو جبار کو موٹر لے کر بھیج دو، ٹیلی فون سے کام نہیں چلے گا۔"

"اے میاں، کاہے کے لیے؟"

"حلیمہ۔۔۔" ان کا حلق سوکھ گیا۔۔۔ "حلیمہ۔۔۔ وہ۔۔۔"

ڈاکٹرنی نہیں، اس کے لیے تو ولایت سے میم آئے گی۔ بے حیا مردار، لونڈیوں، باندیوں کا دماغ ساتویں آسمان پر چڑھنے لگا ہے۔ ان باتوں سے۔ جائیے آپ کے دوست نعیم میاں کا فون آیا ہے ان کی سالگرہ ہے۔ اور سروری کی بچی نامراد، میاں کا وہ چوڑی دار پاجامہ نکال اور شیروانی۔" وہ چلنے لگیں۔

"بوبو، حلیمہ۔"

"اے میاں کیا کہنے آئی تھی، آپ نے بالکل ہی بھلا دیا۔ آپ کی پیاری امی کی طبیعت ناساز ہے۔ نعیم میاں کے جاتے وقت ذرا حکیم صاحب کے بھی ہوتے جایئے گا۔ میں جبار سے کہتی ہوں موٹر نکالے۔ وہ دھم دھم کرتی چلی گئیں۔

چھمن بوکھلائے ہوئے کمرے میں لوٹ آئے بیٹھے، پھر تڑپ کر اٹھ کھڑے ہوئے، پھر جلدی سے الٹے سیدھے کپڑے بدن پر ڈالے۔ انہوں نے کتنی باندیوں کی موت دیکھی تھی۔ صنوبر کی لاش مہینوں انہیں خوابوں میں نظر آتی رہی تھی۔ حلیمہ بھی تو پھول سی بچی تھی۔ خون کی کمی کی وجہ سے دق کی مریضہ لگتی تھی۔ وہ سیدھے بڑے بھائی کی طرف بھاگے۔

"بھائی جان۔"

"کیا ہے؟" وہ اپنے ایک دوست کے ساتھ شطرنج کھیل رہے تھے۔

"وہ، وہ۔۔۔ ذرا آپ سے ایک بات کہنا ہے"، انہوں نے لرزتے ہاتھوں سے ان کی آستین کھینچی۔

"ٹھہرو میاں ذرا یہ بازی دیکھو، کیا ٹھاٹھ جمایا ہے، اے بھائی قدوس شہہ بچئے ورنہ۔۔۔"

"بھائی جان"، چھمن کا دم نکلنے لگا۔

"بیٹھو ذرا، ہاں بھائی قدوس۔"

کوئی بیس منٹ لگے، مگر چھمن پر بیس صدیاں گذر گئیں۔

"ارے ہاں بھئی کپ مار دیا تم نے، مبارک ہو"، انہوں نے پلٹ کر بڑے جوش سے کہا۔

"بھائی جان حلیمہ۔ وہ۔۔۔۔ وہ۔۔۔۔ پلیز ڈاکٹرنی منگوا دیجیے۔"

"ہوں۔ آ جائے گی اگر کوئی ضرورت پڑی تو۔۔۔"

"نہیں بھائی جان حلیمہ مر جائے گی۔ کچھ کیجیے۔"

"تو کیا میں خدا ہوں۔ جو کسی کی آئی کو ٹال دوں گا، مگر شرم نہیں آتی ایک باندی کے لیے ہڑبڑائے پھر رہے ہو، کچھ تو لحاظ کرو، ایک آوارہ چھوکری کو سر پر چڑھانا ٹھیک نہیں۔ حرامی پلا جن رہی ہے آوارہ نہیں تو بڑی پارسا ہے۔"

"بھائی جان۔ وہ۔۔۔۔ وہ۔"

اماں اتنا ہکلاتے کیوں ہو، نکاح نہیں تو عورت فاحشہ ہے، زانیہ ہے، سنگسار کرنے کے قابل ہے، مر جائے تو اچھا ہے۔ خس کم جہاں پاک۔"

"مگر میں بھی تو گناہ گار ہوں۔"

"تو میں کیا کروں، جاؤ اپنے گناہوں کی توبہ کرو۔ میرا سر کیوں چاٹ رہے ہو۔"

اس قدر کوڑھ مغز انسان سے بات کرنا حماقت تھی۔ کوئی اور ہوتا ان کی جگہ تو چھمن منہ توڑ دیتے، مگر بچپن سے بڑے بھائی کی عزت کرنے کی کچھ ایسی عادت پڑ گئی تھی کہ خون کے سے گھونٹ پی کر گردن لٹکائے چلے آئے۔

دیوانوں کی طرح چھمن نے ہر چوکھٹ پر ماتھا پٹخا۔ باپ کے سامنے گڑ گڑائے، مگر انہیں گل بہارِ نامراد نے ایسا جلا کر خاک کیا تھا کہ باندی کے نام سے ہی تین فٹ اچھل پڑے۔

"تمہاری یہ مجال کہ ہمارے سامنے اپنی بدکاریوں کا اس ڈھٹائی سے اقرار

کرو۔ ایک تو موری میں منہ دیتے ہو، پھر اس میں سارے خاندان کو لتھیڑنا چاہتے ہو۔"

انہوں نے پیاری امی کے تلوؤں پر آنکھیں ملیں، مگر انہوں نے ہسٹریا کا دورہ ڈال لیا۔ ایسی بات سننے سے پہلے وہ بہری کیوں نہ ہو گئیں۔ اندھی ہو گئی ہوتیں تو یہ دن تو دیکھنا نہ پڑتا۔

چچا ابا کے سامنے ہاتھ جوڑے۔

"لاحول ولا قوۃ! اماں مرنے دو سالی کو، ہم تمہیں اپنی ماہ رخ دے دیں گے۔ واللہ کیا پٹاخہ ہے ایک چمرخ سی باندی کے پیچھے دم دیے دے رہے ہو۔ یہ سب تمہاری ان واہیات کتابوں کی خرافات ہے۔"

لوگ مسکرا رہے تھے۔ ان پر لطیفے چھوڑ رہے تھے اور وہ شاگرد پیشے کے آگے سرد اور سیلی زمین پر بیٹھے رو رہے تھے۔ اٹھارہ برس کا لڑکا دودھ پیتے بچوں کی طرح مچل رہا تھا۔ دھاروں دھاروں رو رہا تھا۔

ابا حضور غصے سے گرج رہے تھے۔ اگر بیگم نے دورہ نہ ڈال لیا ہوتا، تو وہ اس ننگِ خاندان کی ہنٹر سے کھال ادھیڑ دیتے۔ جس دن انہوں نے سنا تھا کہ فرزندِ ارجمند نے لونڈی ٹھکانے لگا دی تو ان کی گبھے دار مونچھیں مسکراہٹ کے بوجھ تلے لرز اٹھی تھیں۔ بڑے صاحبزادے تو دغا دے ہی گئے۔ اگر چھوٹے بھی اسی راہ نکل گئے ہوتے تو جائیداد کا وارث کہاں سے آتا؟

ایسا تماشا لوگوں نے کبھی نہ دیکھا نہ سنا، نوکر ہنس رہے تھے، باندیاں ٹھی ٹھی کر رہی تھیں۔

ادھر بان کے چھلنگے میں پڑی حلیمہ مورنی کی طرح کوک رہی تھی۔ کھرے پھانسو دار بان سے اس کی ہتھیلیاں چھل گئی تھیں۔

"ہائے سروری، وہ فرش پر بیٹھے ہیں۔ اٹھاو ہاں سے جنم جلی۔ سردی لگ جائے گی ان کے دشمنوں کو۔" اگر درد کے بے رحم حملے اسے وقفہ دیتے تو وہ انہیں اپنے سر کی قسم دے کر زمین سے اٹھا لیتی۔ نہیں قسم خدا کی، ان سے کوئی شکایت نہیں۔

مگر دردوں کی مہیب موجیں اس کے پسینے میں ڈوبے بے ڈول جسم کو بھنبھوڑ رہی تھیں۔ اس نے اپنے ہونٹ چبا ڈالے کہ اس کی آواز سن کر چھمن میاں دیوانے نہ ہو جائیں۔ پر دل کے کان سب سن لیتے ہیں۔ چھمن پر نزع کی کیفیت طاری تھی، جی چاہ رہا تھا کہ پتھر پر سر دے ماریں۔ کہ یہ کھولن پاش پاش ہو جائے۔ اچانک دور سے کسی نے ایک دم پکارا۔ غم و اندوہ کے گہرے کنویں سے انہیں اوپر کھینچ لیا۔ انہوں نے پورٹیکو سے سائیکل اٹھائی اور ویسے ہی کیچڑ میں لت پت تیزی سے پھاٹک سے بال بال بچتے ہوئے نکل گئے۔

"ہائے میرا لال"، بیگم نے ہوش میں آکر چھاتی پیٹ لی۔

"اے ہے چھمن خیر تو ہے۔"

کیچڑ میں سر سے پیر تک نہائے آنسو کے دریا بہاتے چھمن ہچکیوں سے نڈھال رو رہے تھے۔

"حلیمہ۔۔۔ پھپو۔"

"اچھی تو ہے۔"

"مر گئی۔ مر رہی ہے۔۔۔ پھپھو۔۔۔ کوئی نہیں سنتا۔"

"بھئی بڑے بے وقوف ہو، میں نے تم سے کہا تھا مجھے فوراً اطلاع کرنا، میں ابھی فون کرتی ہوں ایمبولینس کے لیے ہسپتال پہنچا دیا جائے۔ وہاں محل میں تمہارے بڑوں سے کون لڑے جا کر۔"

"میں کرتا ہوں"، اشرف ان کے شوہر نے فون اٹھایا۔

"میرا آج فائنل تھا پھپھو، وہاں سے آیا تو۔۔۔ پتہ چلا، پھپھو، مر جائے گی، مر بھی گئی ہو گی، اب تک تو۔"

"نہیں بھائی مرے ورے گی نہیں۔"

جب فرخندہ نواب کی موٹر آگے اور پیچھے ایمبولینس پہنچی تو محل میں کہرام مچ گیا۔ بیگم نے فی البدیہہ ایک عدد دورہ ڈالا اور لبِ دم ہو گئیں۔ نواب صاحب نے رائفل میں کارتوس ڈالے اور بھنبھناتے ہوئے نکل پڑے۔ مگر ایمبولینس کے پیچھے پولیس کی جیپ نظر آئی تو پلٹ پڑے۔ خاندان کی ایسی تھڑی تھڑی تو جب بھی نہیں ہوئی تھی۔ جب منجھلے نواب کی جاگیر کورٹ ہوئی تھی۔

فرخندہ نواب نے ادھر دیکھا نہ ادھر، سیدھی کال کوٹھڑی میں دندناتی گھس گئیں۔

چھمن نے خون میں نہائی باندی حلیمہ کو بانہوں میں سمیٹ لیا اور محل میں صفِ ماتم بچھ گئی۔ بیگم کی بے ہوشی جا کر لبوں پر کوسنے آ گئے۔

اگلے روز ایک قلم کی جنبش سے چھمن اپنے حق سے دست بردار ہو گئے۔ کون سی گاڑھے پسینے کی کمائی تھی جو درد ہوتا۔ جواباً حضور نے فرمایا۔ انہوں بے دریغ دستخط کر دیے اور جائیداد سے عاق قرار پا گئے۔

چھمن اب ایک چھوٹی سی گلی میں ایک سڑیل سے مکان میں رہتے ہیں۔ کسی سکول میں گیند بلا سکھاتے ہیں۔ کالج بھی جاتے ہیں۔ سائیکل کے کیریر پر سودا سلف کے درمیان کبھی کبھی شربتی آنکھوں والا ایک بچہ بھی بیٹھا ہوا نظر آتا ہے۔ وہ تو گئے خاندان سے۔ اتنا پڑھ لکھ کر گنوایا۔ ایک باندی گھر میں ڈال رکھی ہے۔ پتہ نہیں باندی سے نکاح بھی کیا ہے کہ نہیں۔ اللہ اللہ کیسے برے دن آئے ہیں۔

***